JN149061

I 解説

復刻版収録一覧

復刻版巻数	原本巻号数	発行年月日
第1巻	第1巻第1号	1939（昭和14）年1月1日
	第1巻第3号	1939（昭和14）年2月1日
	第1巻第3号	1939（昭和14）年3月1日
	第1巻第4号	1939（昭和14）年4月1日
	第1巻第5号	1939（昭和14）年5月1日
	第1巻第6号	1939（昭和14）年6月1日
第2巻	第1巻第7号	1939（昭和14）年7月1日
	第1巻第8号	1939（昭和14）年8月1日
	第1巻第9号	1939（昭和14）年9月1日
	第1巻第10号	1939（昭和14）年10月1日
	第1巻第11号	1939（昭和14）年11月1日
	第1巻第12号	1939（昭和14）年12月1日
第3巻	第2巻第1号	1940（昭和15）年1月1日
	第2巻第3号	1940（昭和15）年2月1日
	第2巻第3号	1940（昭和15）年3月1日
	第2巻第4号	1940（昭和15）年4月1日
	第2巻第5号	1940（昭和15）年5月1日
	第2巻第6号	1940（昭和15）年6月1日
第4巻	第2巻第7号	1940（昭和15）年7月1日
	第2巻第8号	1940（昭和15）年8月1日
	第2巻第9号	1940（昭和15）年9月1日
	第2巻第10号	1940（昭和15）年10月1日
	第2巻第11号	1940（昭和15）年11月1日
	第2巻第12号	1940（昭和15）年12月1日
第5巻	第3巻第1号	1941（昭和16）年1月1日
	第3巻第3号	1941（昭和16）年2月1日
	第3巻第3号	1941（昭和16）年3月1日
	第3巻第4号	1941（昭和16）年4月1日
	第3巻第5号	1941（昭和16）年5月1日
	第3巻第6号	1941（昭和16）年6月1日
第6巻	第3巻第7号	1941（昭和16）年8月1日
	第3巻第8号	1941（昭和16）年9月1日
	第3巻第9号	1941（昭和16）年10月1日
	第3巻第10号	1941（昭和16）年11月1日
	第3巻第11号	1941（昭和16）年12月1日
第7巻	第4巻第1号	1942（昭和17）年1月1日
	第4巻第3号	1942（昭和17）年2月1日
	第4巻第3号	1942（昭和17）年3月1日
	第4巻第4号	1942（昭和17）年4月1日
	第4巻第5号	1942（昭和17）年5月1日
	第4巻第6号	1942（昭和17）年6月1日
第8巻	第4巻第7号	1942（昭和17）年7月1日
	第4巻第8号	1942（昭和17）年8月1日
	第4巻第9号	1942（昭和17）年9月1日
	第4巻第10号	1942（昭和17）年10月1日
	第4巻第11号	1942（昭和17）年11月1日
	第4巻第12号	1942（昭和17）年12月1日
第9巻	第5巻第1号	1943（昭和18）年1月1日
	第5巻第3号	1943（昭和18）年2月1日
	第5巻第3号	1943（昭和18）年3月1日
	第5巻第4号	1943（昭和18）年4月1日
第10巻	第5巻第5号	1943（昭和18）年5月1日
	第5巻第6号	1943（昭和18）年6月1日
	第5巻第7号	1943（昭和18）年8月1日
	第5巻第8号	1943（昭和18）年11月1日
	第5巻第9号	1943（昭和18）年11月1日

『文學建設』解説・総目次・同人一覧・執筆者索引　目次

Ⅰ　解説
「戦時下の文学運動としての『文學建設』」　三上聡太　3
Ⅱ　総目次　27
Ⅲ　同人一覧　85
Ⅳ　執筆者索引　(1)

戦時下の文学運動としての『文學建設』

三上聡太

『文學建設』は「文学研究者でさえその全冊を目にしたものはないだろう」[1]と言われる幻の文芸雑誌である。同人は海音寺潮五郎、村雨退二郎、中沢巠夫、岩崎栄、笹本寅、片岡貢、戸川貞雄、北町一郎、鹿島孝二ら四二名。一九三九（昭和一四）年一月から一九四三（昭和一八）年一一月の『文藝春秋』との合併まで計五六冊を刊行した。

彼らの目的はジャーナリズムによって行き詰まりをみせていた大衆文学に、文学としての自立性を取り戻すことにあった。実作はもとより批評から理論までを備えたその運動は、やがて商業雑誌の整理をすすめる出版新体制のもとで数少ない文学場をつくりだしてゆく。それは「おもしろくて、ためになる」という大衆文学の原点に立ち返り、娯楽性と教養性を備えた国民文学の実現へと向かうプロジェクトでもあった。

このように文学史的に重要な位置にある『文學建設』なのだが、戦時下の発行であったことから、まとまった原本はこれまで土屋光司が海音寺潮五郎財団に寄贈した一揃しか確認されておらず、また同財団は一九八一（昭和五六）年に総目次のみを刊行して解散したため、その後ほとんど人目に触れることがなかった。[2]

今回、古書店から保存状態のよいものをまとめて入手し、全冊を完全なかたちで復刻することができた。この復刻によって、物資統制をかいくぐって活動をつづけていた海音寺潮五郎たちの、したたかな立ち回りが見えてくるはずである。[3] 以下、雑誌について簡単にまとめてゆく。

※

人情噺や講談をルーツとするわが国の大衆文学が、関東大震災から数年後、ジャーナリズムの発達をうけて登場したことはよく知られている。はじめ新講談、読物文芸、大衆文芸などとやや軽んじて呼ばれていたものが、やがて大衆文学としてまとまり、講談社の『キング』、博文館の『新青年』といった商業雑誌とともに市場をつくりだしていった。

またこの昭和初年代の大衆文学には、新興文学としての先駆性も備わっていた。時代小説、探偵小説の流行は、大衆文学の本質が反近代主義としてのモダニズムにあったことを示している。

その後、昭和恐慌をへて大衆文学はエログロナンセンスの時代を迎える。これによりエロ小説、猟奇小説、ユーモア小説といった新たなジャンルの形成がすすみ、市場はさらに広がりをみせた。しかし同時に消費の対象となったことで読者への迎合や出版社との癒着が目立ちはじめ、当初の主体性は失われていった。やがて純文学のほうでも通俗小説が書かれるようになると、大衆文学の市場はいっそうだぶついた。以上が「大衆文学を発生以来二〇年経つたとして、前の一〇年は成功したが、後の一〇年は成功してゐない」[4]と言われた大衆文学の生い立ちである。

こうした停滞にはある程度、年齢的な問題も関係していただろう。すでに大佛次郎、吉川英治、長谷川伸、白井喬二ら流行作家、すなわち大家は壮年期を迎え、新興文学の担い手としての勢いを失っていた。ところが新人たちは、この大家による後押しをうけなければ発表の場さえままならず、結果として個人雑誌などを介したお家芸の引き継ぎがマンネリズムをさらに助長していった。もちろん、こうした大衆文学の徒弟制度にあらがった例もある。後に史材小説を提唱する楳本捨三は、村松梢風の『騒人』に門前払いをうけ自ら『大衆芸術』を創刊。しばらくは善戦したが、結局はジャーナリズムに翻弄され雑誌ごと乗っ取られてしまった。

大衆文学にとってのはじめの転機は一九三三（昭和八）年、プロレタリア文学運動の退潮の中でうまれた。この頃、ようやくにして大衆文学の新人たちに旧大衆文学に対する批判が芽生え、それまでほとんどなかった大衆文学専門の同人誌が相次いで登場した。ここでいくつか紹介しておこう。

一九三三（昭和八）年一〇月に創刊された『大衆倶楽部』は、萬里閣の編集長であった山岡壮八を中心に、北村小松、湊邦三、浜本浩、平野零児、三角寛らよって創刊された。「大衆文学の行詰りは、既成ジャーナリズムの誤つた方向が、殆んどその責任を負ふべき」というその口上からも明らかなように、彼らはジャーナリズムとは距離を置きつつ、新人のデビューの場を目指した。また同年、『少年少女譚海』の編集者であった山手樹一郎を中心に、山岡壮八、梶野千万騎、大林清、村上元三、中沢巠夫らも『大衆文學』を創刊し、新人の習作の場を目指した。ただどちらも非営利雑誌であったため資金不足に陥り、三号雑誌に終わっている。

大衆作家をとりまくジャーナリストの一部も、この新大衆文学運動に同伴した。まず吉川英治の弟である吉川晋が、『吉川英治全集』の月報のみを継続するかたちで『衆文』を創刊。「元より市場に伍す雑誌ではなし」として、新たな雑誌のありかたを模索した。また『時事新報』の笹本寅、『報知新聞』の片岡貢、『東京朝日新聞』の新延修三、『讀売新聞』の河辺確治、『都新聞』の豊島薫らも、文芸記者による同人誌として『ジャーナリスト』の創刊を準備していた。ただこちらは世話人の直木三十五が死去したため、お蔵入りになってしまったようだ[5]。

ところで、これらの新人たちが大衆文学を元に戻そうと復古を主張したのに対し、大衆文学を根本的につくりかえようと刷新を主張した新人たちもいた。彼らは『サンデー毎日』、『富士』、『オール讀物』、『日の出』といった日刊紙、週刊誌で活動する作家たちで、大家との師弟関係をもたない、いわば大衆文学の新興勢力であった。

一九三四（昭和九）年二月に創刊された『新興大衆文藝』は、千葉亀雄の『サンデー毎日』でデビューした池善一、市橋一宏、左文字勇策、番伸二ら大衆文芸新人会の同人誌である。

大衆文芸が、厳正なる批判の下にあらねばならぬことは最早論を俟たない。在来の大衆文芸作品の多くが、読者の求むるところと称して低俗なるジャーナリズムの悪影響をうけて生まれている。大衆を低俗なるものと断ずるは一部のジャーナリストの眇見であると、吾々は信ずるものだ。吾々は厳正なる芸術的批判に価する作品が、低俗な作品より以上、大衆の心を掴むことを、作品に依って説明して、彼等の妄を醒ましたい。吾々は新しき大衆文芸創造の為に邁進する。

その「宣言」ではジャーナリズムへの対決姿勢がいっそうきびしい言葉で打ち出されている。同人は毎月一回ほど千葉亀雄のもとで例会を開き、今後の大衆文学をどうするかについて議論していたという。この例会には海音寺潮五郎、村雨退二郎、鹿島孝二、村上元三、木村荘十も参加した。

しかし『サンデー毎日』の文芸記者であった辻平一によると、この『新興大衆文藝』もそう長くは続かなかったらしい。[6]やはり懐事情によるものだろう。大衆文芸新人会はその後、禾高会と名を変えて、かろうじて横のつながりだけは維持した。翌年には市橋一宏の紹介で、海音寺潮五郎、村雨退二郎、中沢巠夫があつまり「新しい雑誌をつくろう」と何度か話し合いをしたともいうから、このあたりに後の『文學建設』につづくはじめの人的交流があったとみてよさそうである。[7]

※

一九三五（昭和一〇）年ごろに大衆文学の新人たちが感じていたもどかしさを、後に海音寺潮五郎は以下のように回想している。

> その頃から、僕は大衆文学をどうかせねばならぬと考へてゐた。僕だけではない。若い作家は皆さう考へてゐた。言ふまでもなく、それは、大衆文学が行きづまりの相を見せてゐたからだ。だが、ではどうするかと聞かれると、正直なところ、はつきりとした返事が出来なかつた。何となく、もやもやした気分を感じて、ゐても立つてもをられない気持だつたのである。[8]

大衆文学が混乱をつづける一方で、純文学では失地回復ともいうべき文芸復興がはじまった。ここには大衆文学撲滅論や純粋小説論など、大衆文学を批判するものもあった。その動きを、海音寺潮五郎は敵の敵は味方とばかりに好意的に迎えている。[9]

またプロレタリア文学では転向文学として歴史小説が書かれはじめた。明石鉄也がその時評において、今後の大衆文学に「歴史的事実ではなくとも歴史的真実の裏づけ[10]」が必要になると評しているように、歴史小説は次第に史実重視のリアリズムへと向かいはじめる。

そしてこうした中で台頭してきたのが、『文學建設』の濫觴ともいうべき実録文学研究会である。実録文学研究会は一九三五（昭和一〇）年一〇月、歴史家の田村英太郎を囲む勉強会としてはじまった。会員は貴司山治、木村毅、海音寺潮五郎、笹本寅、片岡貢、戸川貞雄、升金種史、岩崎栄。片岡貢と升金種史は『報知新聞』の文芸記者である。その機関誌『實録文學』の「創刊の挨拶」を見てみよう。

> われわれ同人は大いに団結してこれから実録文学を世の中に押し出して行くのであるが、同人各個人はもともと至つて自由な立場に立つてゐる。思想的には――大きくいふと世界観の上では――必ずしも一致してゐるわけではない。又必ずしもそんな必要もないのである。われわれはただ現在の卑俗低級な大衆文学とたたかひ、この方面における文学を本来の高さに引き上げる仕事として、実録文学を提唱し、これを社会的に実行するといふ点で、

一致してゐるのである。

実録文学研究会は実録文学の興隆を掲げてはいたが、その目的はむしろ歴史家、大衆作家、文芸記者を糾合し、旧大衆文学に対抗するという文学運動のほうにあったように思われる。事実、同人の実録文学をめぐる主張は、それぞれかなり違っている。

ただ、こうしたまとまりのなさが仇になったのか、やがて発起人である貴司山治と笹本寅、片岡貢との間に確執がうまれ、一九三六（昭和一一）年四月をもって『實録文學』は停刊する。そして一九三七（昭和一二）年一月からは田村栄太郎、海音寺潮五郎、笹本寅、片岡貢、戸川貞雄らで歴史文学研究会をつくり、ごく短い間だが『歴史文學』という機関誌を発行していたようである。(11)

またこの歴史文学研究会の発足の直後、すなわち一九三七（昭和一二）年三月に、三田村鳶魚を囲むとして発足した満月会も、『文學建設』の前身というべきものである。会員は海音寺潮五郎、笹本寅、中沢巠夫、村雨退二郎、戸伏太兵、松崎与志人、竹田敏彦。こちらは江戸学に関わりのあった戸伏太兵の人脈と考えられる。彼はその機関誌『江戸讀本』の「編集後記」で会の成立経緯を説明している。

> 江戸の実際生活に暗い我々の認識を正しくすることは、我々が物を読む上に於て必要なばかりでなく、殊にその時代を創作の世界に採入れようとする若い作家たちにとっては、真に必要以上のものであるとの見地から、眞山青果先生と木村錦花先生が、それこそ自ら肝煎役となって我々のために献立てして下さった結果が、毎月一回三田村鳶魚先生を聘して講義して頂くという勉強の機関、すなわちわが「満月会」の成り立ちである。

三田村鳶魚は、『大衆文藝評判記』で大家たちの歴史の捏造や改竄を指摘したご意見番として知られる。森鷗外にはじまる歴史文学は、芥川龍之介、菊池寛らを主流としているが、彼らは自らの小説に歴史上の人物を借りることはあっても、その時代の制度や習慣、思想についてはほとんど無視していた。この「歴史離れ」の傾向は大衆文学にも引き継がれ、時代小説の低俗化につながってもいた。傍流として山路愛山、福本日南、白柳秀湖による「歴史そのまま」の史伝小説の流れもあったが、大正以来ほとんど途絶えていた。以後三田村鳶魚は、大家を批判的に乗り越えようとする新人たちに担ぎ出されてゆく。[12]

かくして大衆文学の行き詰まりの中で海音寺潮五郎たちは、田村英太郎や三田村鳶魚といった在野の歴史家たちから歴史へのアプローチを学んでいった。「文学の一つの形式が行き詰まると、その改革のためにまず事実が顧みられる」[13]という見立て通り、実証や考証に現状打破の可能性が見出されたのである。

※

ところで『文學建設』を旧大衆文学への批判として見た場合、一九三七（昭和一二年）二月に『報知新聞』の学芸欄で起こった邦枝完二と海音寺潮五郎との論争も無視することはできない。[14]論争のきっかけは、大衆文学の行き詰まりについて邦枝完二が「作家自らが行詰まらせてゐる」と苦言を呈したことにはじまる。要するに最近の新人は不勉強だという小言なのだが、これに対して海音寺潮五郎が猛反発した。

我々はもつと根本的なものに向つて勉強してゐる。従来の大衆文学を一つの階段として、更にその上のものを建設せんとしてゐるのだ。本当の歴史文学を建設せんとしてゐるのだ。氏は氏の揣らざる暴言を、大衆作家全体に対して、わけても新人に対して陳謝すべきである。自分は、大衆作家の一員として、そして新人の一員として、鋭くこれを要求する。

文学建設という雑誌名はどうもこのあたりから来ているように思われるが、それはともかく、この論争は新人と大家とのいがみあいとして『日本学藝新聞』でも大きく報じられ、海音寺潮五郎にとって事実上の旗揚げとなった。[15]そして彼につづいて、村雨退二郎らも『日本文藝』誌上で世代交代の必要を説きはじめる。

大衆文学の停滞は、文学方法の公式化と作家の固定から来てゐる。公式が打破され、作家の交替が行はれる時、大衆文学は更に第二の飛躍的発展を遂げるだらう。そして、その時が今将に来ようとしてゐる。[16]

新たな歴史文学を旗幟とする海音寺潮五郎たちが、どのように雑誌を準備していったかについては、なお不明なところが多い。海音寺潮五郎ははじめ長谷川伸、白井喬二にも参加を呼びかけていたらしいが、どこまで本当かわからない。[17]あるいは中沢巠夫によると、村雨退二郎が海音寺潮五郎、長谷川伸、白井喬二を引き合わせて第三次となる『大衆文藝』の復刊を計画していたとも言うので、その話が残っていただけかもしれない。[18]そこへゆくと、もっとも信憑性が高いのは、当時新潮社で編集者をしていた和田芳恵の証言である。

文学運動として働きはじめたのは、昭和一三年の夏ごろだったような気がする。この集会所に、新潮社の会議室を提供してほしいと、海音寺さんが社へ交渉に来たとき、私が「ブラジル」に案内したが、そのとき、入り口のガラス戸をはずして、すだれ戸にかわっていた記憶があるからである。『文學建設』は、既成の大家に挑戦しようというふくみがあり、そのため社長の賛成を得ることができなかったので、善後策の相談であった。[19]

ちなみに彼は『日の出』において、海音寺潮五郎とはデビュー当時から付き合いがあった。

この頃、日中戦争のはじまりとともに、雑誌への統制が強化された。すでに『中央公論』『改造』『文藝春秋』『日本評論』といった総合雑誌は、軍との定例会議をくり返していた。また『講談倶楽部』などの文芸雑誌はたびたび軍から呼び出しをうけてもいた。講談社で編集者をしていた萱原宏一によると、こうした雑誌指導の中心となったのは陸軍省情報部の鈴木庫三少佐であったという。(20)

ただこの鈴木庫三少佐に対し、海音寺潮五郎はうまく取り入っている。鈴木庫三少佐の日記には海音寺潮五郎がたびたび登場している。

海音寺君が訪ねて来て居る。「版籍奉還」といふ小説を書いて貰ふことにした。（一一月四日）

午後六時から麹町茶寮に於て文芸作家を招待し、国策への協力の懇談会を催す。木村毅、川口松太郎、海音寺潮五郎以下十数名の文士が集つた。（一一月二八日）

何となくおかしな組み合わせの二人だが、海音寺潮五郎にしてみれば、利用できるものは何でも利用する腹だったのだろう。この年末、彼は『サンデー毎日』に連載していた「柳沢騒動」を内務省の内示をうけて打ち切っているが、一方で軍とは親密な関係をつくっていたことになる。(22)

これと関連して、笹本寅と竹田敏彦を幹事役として二十七日会という大衆小説家による時事問題研究会がはじまっている。ここには海音寺潮五郎、戸川貞雄、岩崎栄、丹羽文雄をはじめ二〇名ほどの大衆作家が参加した。はじめは親睦などを行う程度のあつまりであったが、やがて鈴木庫三少佐らを招き、その講話を聞くという方向に流れていったようだ。南沢十七によると杉本和郎少佐が南方視察談を、戸川貞雄によると高瀬五郎中佐が時局談を行ったとある。(23)両者はいずれも出版統制に関わる軍服姿の官僚である。『文學建設』がこうした軍への根回しをへて結成されたことは無視されるべきではない。以下は中沢巠夫による創立総会の回想である。

一三年一〇月ごろ、神保町の中華料理屋に集まって、創立総会を開いた。みんなで同人を勧誘し、満月会の会員はもとより、笹本君や奥村君の仲間の博文館系の乾信一郎、岡戸武平君や、演劇関係の綿谷雪、早川清、遠藤慎吾、伊馬鵜平、菊田一夫、斎藤豊吉君など、ムーラン・ルージュ系の劇作家、新興大衆文芸系の鹿島孝二、北町一郎、新青年に執筆していた蘭郁二郎、南沢十七、黒沼健などという人たちなど、雑多な系統の人たち四六人が集まって、会の産声をあげたのです。(24)

また乾信一郎も、やや前後関係があやふやなところもあるのだが、当時を回想している。

ちょうど私が編集部から出た頃、ユーモア作家の仲間だった北町一郎君の提唱で、『文學建設』という同人誌をやることになった。日本軍が南京に入城して、東京では旗行列や提灯行列が市中のあちこちで行われていた頃だった。『文學建設』というのは、もう戦争も終るであろうから、（実は延々第二次世界大戦につながるのだが）文学の方も建設で行こうというわけだった。会員が相当集まった。海音寺潮五郎とか玉川一郎とかも入会し、同人も集まり月に一度の集会もやった。(25)

土屋光司の日記によると、それまで北町一郎は、大衆文芸研究会や近代クラブといった小規模のグループを束ねしていたという。大衆文芸研究会は、探偵小説の新人たちによる二〇名ほどの会で、北町一郎、土屋光司、蘭郁二郎、九鬼澹などがいた。研究会というよりは、相互の激励の会であったらしい。近代クラブも探偵小説の新人たちによる一〇名ほどの会で、こちらは北町一郎、土屋光司、蘭郁二郎、高橋鉄、光石介太郎などがいた。この近代クラブで同

『文學建設』創立懇談会に集まった同人[26]

前列右から、岡戸武平、海音寺潮五郎、笹本寅、村雨退二郎、中沢巠夫、奥村五十嵐、志摩達夫、片岡貢。後列右から、戸伏太兵、乾信一郎、中村康雄。その後、山田克郎、浅野武男、松崎与志人、村上啓夫、鹿島孝二。その後、升金種史。四人とんで、遠藤慎吾、土屋光司。

人誌の計画がもちあがったところに、北町一郎が『文學建設』の話をもっていったようだ。

　朝、北町君から二通手紙が来た。『文學建設』といふのを始めるから同人に加入するようにとの通知来る。新しい時代の小説を書くことを主眼とする。（九月三一日）

日記では一一月二日に近代クラブが解散し、同時に文學建設の話をすすめているので、同人誌の計画ごと、そのまま『文學建設』に持ち越されたと考えるのが自然であろう。彼は一一月七日の『文學建設』の八重洲園での顔合わせで、「近代クラブとちがって「大人ばかり」だから相当やるだろう」と手ごたえを感じている。

※

　今日文学の向上発達を阻止してゐるあらゆる桎梏は除去されなければならない。本質二元論の偏見や、淫蕩廃頽を売物とする猥雑主義や、文学の領域を矮小ならしめてゐる定型主義や、破廉恥極まる工人的態度を一掃しなければならない。我々は現状打破を第一の仕事とする。現状が打破されて後、始めて国民の生活的伝統に根差し、文学本来の広大な道徳性を具有するところの文学が建設されるのである。

一九三九（昭和一四）年一月、『文學建設』はこのような「巻頭言」からはじまっている。戸川貞雄によると創刊号が出る前から、その存在はかなり話題になっていたらしい。

ここで書誌的な部分を整理しておくと、発行は東宝の脚本部にいた松崎与志人が、編集は『新青年』での経験をもつ乾信一郎がそれぞれ担った。印刷は創刊号のみ萬字屋印刷、その後すぐに新光堂に移っている。萬字屋印刷はプロレタリア作家の内藤辰雄が経営していた印刷所で、創刊号に植字工、文選工、印刷工の募集広告が載っている。新光堂は実業家の逸見斧吉の弟逸見五男が経営していた印刷所で、『江戸讀本』の印刷元でもあった。岡戸武平は「その頃（昭和十四年）われわれの同人雑誌である『文學建設』は、日暮里駅近くのごみごみした街なかにあつた新光堂という印刷所に依頼していた[28]」と当時を振り返っている。

初年度は海音寺潮五郎の「続柳沢騒動」を中心に、歴史小説の力作が揃っている。「続柳沢騒動」は柳沢吉保をめぐるお家騒動を描いた「柳沢騒動」の続編で、それまでの俗説を退けながら、権力者としての徳川綱吉を批判している。また村雨退二郎「出羽守の疑惑」、「美童奇譚」は、ともに男性を誘惑する美しい女性を歴史小説の文体で描いている。翌年からは天誅組の戦いを描いた戸伏太兵「天ノ川辻」もはじまっている。この戯曲は「十津川秋雨の譜」、「遊撃四番隊」、「魑魅魍魎記」、「中山侍従罷通る」、「十津川権八猿」、「だんびら祭」と続き『文學建設』の見どころのひとつである。

ところで『文學建設』は、一九四〇（昭和一五）年二月に大きな分裂を起こしている。その原因は、雑誌がはじまって間もなく高橋鉄が執筆した「天童殺シ痛恨記」にあったらしい[29]。肉欲に悩まされるキリシタンの女性を主人公にした小説だが、その内容が新しい文学にふさわしくないと考えた村雨退二郎が、編集者の岡戸武平に苦情の手紙を出したところ、手紙が高橋鉄を連れてきた笹本寅に渡ってしまい、そこから博文館系の作家たちに不信感が広がっていったという。これによって笹本寅、奥村五十嵐、乾信一郎、松崎与志人が脱退し、さらに、もとから村雨退二郎と折り合いの悪かった戸川貞雄、妹の戸川静子、弟の岩崎純孝、義弟の岡本成蹊も続いて脱退した。

その後、戸川貞雄は国防文芸懇話会を主宰し、一九四〇（昭和一五）年七月に国防文芸連盟を結成した。国防文芸連盟は『文藝年鑑』によると「国防体制国家の一翼として、作家活動を通し、文芸報国の誠を尽くさんとすることを目標」とするファッショ文芸団体で、その発会式には鈴木庫三少佐も出席している。

午後二時半から国防文芸協会《（ママ）》の発会式に臨む。レインボーグリルで施行された。内閣情報部、精動本部、陸海軍からの代表者が出る。実は余が大衆作家に向って行った時局講演が動機となって此の協会が生れたので、余の祝辞を特に期待して居た。笹本寅君、竹田敏彦君などは本会誕生の先達者である。（七月一〇日）[30]

この頃になるとあちこちで新体制がさけばれ、文芸団体にも国策への協力が求められるようになる。一九四〇（昭和一五）年一〇月には日本文芸中央会が、文芸家協会、経国文学の会、国防文芸連盟、農民文学懇話会、大陸開拓文芸懇話会、日本ペンクラブ、ユーモア作家クラブ、『文學建設』をつなぐ連絡機関として結成された。ここには「結局政府から新らしい文芸国策が立てられることは既定の事実であるとみて、それならば早手まわしに、こちらから先に結成して進言した方が、幾分ましなものになるだろう」[31]という苦渋の判断があったと、日本文芸中央会で事務をしていた巌谷大四は証言している。後に日本文学者会なども合流し、会員数は約二〇〇〇名にのぼった。

この日本文芸中央会の運営に、『文學建設』はかなり深く関わっている。幹事の海音寺潮五郎、常任委員の村雨退二郎、常任委員代理の土屋光司、出版部員の北町一郎というように、同人から多くの役員を出している。日本文芸中央会に歴史文学研究会が常置されたのも、彼らの影響力によるものだろう。

また『文學建設』は、日本文芸中央会の国民文学コンクールにも並ならぬ期待を寄せている。このコンクールは各団体から代表者三名を選び、百枚前後の小説を三篇ずつ提出させ、審査をへて有力雑誌に掲載するという、かなり大がかりなものであった。前年に国民文芸連盟、後の国民文学研究会が『国民文学代表作選集』を刊行しているので、その成功例にあやかったのかもしれない。このコンクールに、『文學建設』からは岡戸武平、村雨退二郎、山田克郎、戸伏太兵、川端克二、中沢巠夫が、文芸家協会からは海音寺潮五郎が、ユーモア作家倶楽部からは鹿島孝二、北町一郎が参加している。ところが日本文芸中央会は連絡機関に過ぎず、こうした企画の実行力に著しく欠けていた。それゆえ〆切を過ぎても音信不通というようなありさまで、翌年にはなし崩し的に中止になった。

また日本文芸中央会に少し遅れて、出版界でも一九四〇（昭和一五）年一二月に日本出版文化協会が設立され、用紙配給にかこつけた出版企画の事前審査がはじまった。事前審査に受からなければ日本出版配給株式会社から用紙が割当されないため、事実上は言論統制であった。ただ『文學建設』は「出版文化協会が、良い意味の指導機関になることは、不検束、無統制を極めたわが国出版界の覚醒のために、絶対必要なことである」[32]と歓迎しており、むしろ市場に氾濫する粗製の大衆小説が、時局にふさわしくないという理由で一掃されてゆくことを期待していたようである。

その後、一九四一（昭和一六）年九月から『文學建設』は、印刷所を黒部武男が経営する昭文堂印刷所に移し、関西支部の設置、会友制度と誌友制度の設置、現代小説部会と歴史小説部会の設置というように、文芸団体としての性格をいっそう強めていった。なお現代小説部会は鹿島孝二を世話人として北町一郎、村正治、山田克郎、土屋光司、東野村章の六名、歴史小説部会は中沢巠夫を世話人として、海音寺潮五郎、村雨退二郎、戸伏太兵、岡戸武平の六名からなる。

創作では京都で徳川慶喜を守った尊王攘夷派の水戸藩士たちを描いた中沢巠夫「本圀寺党の人々」、地方豪族に生まれた坂上田村麻呂の少年時代を描いた戸伏太兵「坂上田村麿」などの力作がみられた。

※

一九四一（昭和一六）年一一月、海音寺潮五郎と北町一郎が陸軍報道班としてマレー方面へ、岩崎栄が陸軍宣伝隊としてビルマ方面へと派遣された。岩崎栄は同人の中では最年長であったが、当局に年齢を間違われ、そのまま徴用されていった。

同月、土岐愛作、村松駿吉、星川周太郎、鯱城一郎、大庭鉄太郎が一粒会を結成。この一粒会についてはほとんど資料がないが、当時の広告には「ペンの兵隊たる自覚のもとに結成せる文学集団」とある。後に松浦泉三郎、川端克二、由布川祝、三木蒐一、岡戸武平らも加わり、『文學建設』同人による国策協力の場となった。

翌月の太平洋戦争のはじまりは、多くの文学者にとって予期せぬ出来事であった。その動揺は『文學建設』の誌面に少なからずあらわれている。

我が『文學建設』では優秀なる同人が、三人も重要公務で召命を受けた。我々は同志三人の仕残した仕事をやらねばならないし、又同志三人の後顧の憂ひをなくするためにも、あくまで『文學建設』の所期の目的達成の日に戦つて行かなければならない。戦である。戦である。我々の一人一人が文化挺身隊である。(33)

このような言辞にさえ、『文學建設』の中心である三人が徴用されたことへのショックが見え隠れしている。

そして一九四二（昭和一七）年六月、日本文芸中央会を引き継ぐかたちで日本文学報国会が成立。ほぼすべての文芸団体が参加し、会員数は約四〇〇〇名にのぼった。この日本文学報国会には、もちろん『文學建設』も名を連ねているのだが、以前ほどの影響力はもたなかったようである。村雨退二郎、中沢巠夫、戸伏太兵が翌年一九四三（昭和一八）年四月の文学報国大会に参加し、歴史文学分科会の設置を提案したこともあったが、最終的には却下されてしまった。これに対して同人たちは、「さういふことで歴史文学の発展が図れるか」(34)と不信感を募らせている。

ただこうした、一切がままならぬ状況下でも、歴史文学の理論と実践はつづけられた。例えば中沢堅夫の以下の主張には、歴史の潜在可能性をめぐる彼らの立場がもっともよくあらわれている。

歴史家には、単なる想像による断定は許されない。与へられた史料の範囲をのり越えることは、実証科学としての史学には許されないことである。その為に、古い時代で、資料の稀少になつた所は歴史家によつて、明快には解決されない。歴史文学は、この束縛からは解放される。与へられた歴史的諸条件の内部に於て、想像は自由であるからだ。歴史文学に於ける現実性と、歴史科学に於ける実証性とは決して同一ではない。我々『文學建設』同人の主張する正統歴史文学が、単純な史実主義を排撃するのもこの点にある。(35)

明けて一九四三（昭和一八）年、海音寺潮五郎、北町一郎、岩崎栄が帰還。入れ替わるかたちで鹿島孝二が海軍報道班員としてインドネシアに派遣された。第一次徴用組は、その現地報告を『文學建設』に寄せている。インドネシアの演劇について述べた北町一郎「チヤハヤ・マタハリ」、マレーの華僑ついて述べた海音寺潮五郎「馬来の支那人」は、いずれも軍におもねることなく、占領地のありのままの姿を描いている。岩崎栄「白衣の帰還」は、ビルマで病気にかかった彼が、内地に帰されるまでを綴った従軍記だが、反戦的として検閲にひっかかったというエピソードが残されている。このとき岡戸武平の代理として、警視庁の検閲係に頭を下げてきたのは中沢堅夫であった。

また、間もなく『文學建設』は用紙不足に悩まされるが、これに対処したのも、他ならぬ中沢堅夫であった。彼は当時、『紀元二千六百年』という内閣の宣伝雑誌に関わっていたため、そのつてで横流ししてもらっていたようだ。

聖紀書房で引き受けてくれる前に、やっぱり紙がなくなっちゃって、実際に印刷屋にもなくなる。困っちゃって、ぼくは、役人として恩の売ってある印刷所、そこは平版専門だから活版物はやれないので、そこから紀元二千六百年祝奉会へ納めたことにして、一連ずつ買って、ぼくがそれを自転車にのせて日暮里の印刷所へ運んだことも二度ぐらいありました。昭和十八年ごろ。まあ、大体、二連もあればいいんだからね、あのぐらいのものは。(36)

中沢巠夫も少しふれているが、その後『文學建設』は聖紀書房に出版を引き受けてもらうことで、用紙払底の難局をしのいでいる。(37)この聖紀書房の編集長は、かつて『労働雑誌』を主宰していた佐和慶太郎である。『労働雑誌』に村雨退二郎が連載をもっていたためか、相談をもちかけると「うちで出してあげますよ。大したことじゃありませんから」(38)と二つ返事で応じたという。印刷所は岩本米次郎が経営する愛光堂、部数は当時の企画書によると五〇〇部だが、実数としては二〇〇部から三〇〇部ほどではなかったかと推測されている。

一九四三（昭和一八）年三月、出版文化協会が日本出版会に発展的解消、用紙の割当が減少し、『文學建設』の同人も「雑誌を薄くするにも限度がある」(39)と当局への不満を漏らしている。一九四三年（昭和一八）八月からは三二頁に減頁し、創作はすべて打ち切り、評論と月評のみとなっている。また第五巻第七号が八月号、第五巻第八号が九月、一〇月、一一月合併号、第五巻第九号が一一月号というように、巻号も混乱している。

そして一九四三（昭和一八）年一二月、文藝春秋社の編集長であった藤沢閑二から買収交渉があり、『文學建設』は『文藝春秋』に用紙実績を譲渡するかたちで終刊する。同人たちは「文藝春秋との合併なら死花を咲かせたようなものじゃないか」(40)と慰めあっていたという。

※

最後に『文學建設』同人たちの戦後の活動についてふれておきたい。『文學建設』そのものについては、一九四六（昭和二一）年にはすでに復刊の話があったようだ。しかし、結局は同人の生存確認がてら、ガリ版刷りの『文學建設月報』

を少部数発行するに留まった。この小冊子は、土屋光司と中沢巠夫が短歌などを掲載しつつ三号ほど続いた。なお『文學建設』同人のうち、帰らぬ人となったのは蘭郁次郎と川端克二の二名である。蘭郁次郎は海軍報道班員としてインドネシア方面へ向かう途中、飛行機が墜落して戦死、川端克二は一兵卒としてトラック方面で戦死した。

その後、一九四八（昭和二三）年に疎開していた海音寺潮五郎が上京し、歴史文学会に参加。歴史文学会は加藤武雄、中村白葉、木村毅による歴史文学の再出発をうたった文学団体である。また翌年には海音寺潮五郎の自宅に村雨退二郎、中沢巠夫、戸伏太兵、岩崎栄が出入りするようになり、日曜会という小説の合評会がはじまった。会計の萩原良彦は、その当時の様子を以下のように回想している。

毎月第一日曜日に集まり、各人の持ち寄った原稿を朗読させ、その批評をするところから日曜会の呼称が生れたようであったが、この日の顔ぶれは、海音寺潮五郎、木村荘十、村雨退二郎、岩崎栄、中沢巠夫、野村愛正、知切光歳、南条三郎、宮本幹也といった現役作家とそれに、瀬戸口忍、吉本真造、大竹正巳、小原重成、熊谷きく、清水三郎といった文学新人賞獲得をめざす人々とであった。(41)

同時に満月会の流れをくむ矢立会もはじまっている。こちらは月に一度、三田村鳶魚の輪講、あるいは講話を聞くという勉強会であったらしい。発起人は山岡荘八、会員は土師清二、海音寺潮五郎、中沢巠夫、岩崎栄など二五名であった。

こうした機縁もあり、一九五一（昭和二六）年に海音寺潮五郎を座長として豪朗会が結成される。その機関誌『ＧＯＲＯ』では、戦前の正統歴史文学の主張を引き継ぎつつ、三田村鳶魚の仕事などもあらためて紹介している。同人は海音寺潮五郎、村雨退二郎、中沢巠夫、戸伏太兵、宮本幹也、古長久和、都田鼎、小山寛二、野村愛正。執筆者には岩崎栄や志摩達夫の名前もある。

　ただこの『ＧＯＲＯ』は、『文學建設』の後継誌として期待されながらも、分裂により数年しかつづかなかった。村雨退二郎が萱原宏一の個人雑誌『風信』の文芸批評欄において、海音寺潮五郎の「蒙古来る」を匿名批判していたことなど、原因と思われるエピソードがいくつかあるが、確たることはわからない。(42)

　海音寺潮五郎のもとを離れた村雨退二郎は、貴司山治とともに歴史文学研究会を主宰。四ページの新聞型で『歴史感覺』を発行した。ただ戦後しばらくは、歴史小説のグループよりも、どちらかというと長谷川伸の新鷹会や山手樹一郎の要会といった、時代小説のグループが主流になったように思われる。海音寺潮五郎と、彼に見出された司馬遼太郎による歴史小説の再興は、もう少し後のことである。

（1）中沢巠夫・尾崎秀樹「〈対談〉文学建設と海音寺文学」（『海音寺潮五郎記念館誌』一巻一号、一九八〇年一〇月）
（2）海音寺潮五郎記念館『『文学建設』誌総目次』（海音寺潮五郎記念館事務局、一九八〇年）
（3）海音寺潮五郎とその文学については、古閑章『古閑章著作集 第五巻 文学評論1「海音寺潮五郎論」集成』（南方新社、二〇二〇年一一月）が詳しい。
（4）白井喬二「正道大衆文学観」（『大衆文芸』三巻三号、一九四一年三月）
（5）笹本寅「『日本文芸』のこと――直木三十五氏追悼」（『文藝』二巻四号、一九三四年四月）、片岡貢「『日本文藝』のこと」（『衆文――大衆文學月報』二巻四号、一九三四年四月）
（6）辻平一『文芸記者三十年』（毎日新聞社、一九五七年）
（7）中沢巠夫・尾崎秀樹「〈対談〉文学建設と海音寺文学」（前掲）
（8）海音寺潮五郎『柳沢騒動』（春陽堂、一九三九年）
（9）海音寺潮五郎「われらの進路」（『文藝通信』三巻一〇号、一九三五年一〇月）、海音寺潮五郎「鉄鎖につながれた大衆文学」（『文

藝』四巻二号、一九三六年二月）
（10）明石鉄也「〈大衆文芸時評〉時代小説の動向」（『文藝』四巻九号、一九三六年九月）
（11）文部省思想局「昭和一一年度に於ける左翼運動」（『思想調査資料』第三三輯、一九三七年）
（12）尾崎秀樹は海音寺潮五郎の文学を史伝の系譜として位置づけている。尾崎秀樹『海音寺潮五郎・人と文学』（朝日新聞社、一九七八年）に拠る。
（13）木村毅「実話文学宣言」（『東京日日新聞』一九三〇年二月二五日付－三一日付）
（14）海音寺潮五郎と邦枝完二のやりとりは以下である。邦枝完二「一人一言 作家の努力を要望す」（『日本学藝新聞』一九三七年二月一日付）、海音寺潮五郎「暴言返上 邦枝完二を斬る（上）」（『報知新聞』一九三七年二月一〇日付）、海音寺潮五郎「大衆文学の正道 邦枝完二を斬る（下）」（『報知新聞』一九三七年二月一二日付）、邦枝完二「大見得切る旅廻り役者 怒れる海音寺さんへ」『報知新聞』一九三七年二月一五日付）、海音寺潮五郎「顧みて他を言ふ勿れ 再び邦枝氏へ」（『報知新聞』一九三七年二月一七日付）
（15）鷲尾雨工「〈一人一言〉海音寺氏が邦枝氏を斬ること」（『日本学藝新聞』一九三七年二月二〇日付）
（16）村雨退二郎「新大衆文学覚書」（『日本文藝』五巻四号、一九三八年四月）
（17）尾崎秀樹「〈大衆文学逸史〉「文学建設」のころ」（『昭和国民文学全集9 海音寺潮五郎集（月報）』、筑摩書房、一九七四年）
（18）中沢巠夫・尾崎秀樹「〈対談〉文学建設と海音寺文学」（前掲）
（19）和田芳恵『ひとつの文壇史』（新潮社、一九六七年）
（20）萱原宏一『私の大衆文壇史』（青蛙房、一九七二年）
（21）佐藤卓己『言論統制――情報官・鈴木庫三と教育の国防国家』（中央公論新社、二〇〇四年）
（22）海音寺潮五郎「版籍奉還」については、戸川貞雄「『文学建設』に就いて」（『日本学藝新聞』一九三八年一二月一日付）でもその計画が明かされている。

（23）川端勇男『マラリア』（東亜書院、一九四四年）、戸川貞雄『国防文学論』（育生社弘道閣、一九四二年）
（24）中沢巠夫・尾崎秀樹「〈対談〉文学建設と海音寺文学」（前掲）
（25）乾信一郎『「新青年」の頃』（早川書房、一九九一年）
（26）写真、キャプションは中沢巠夫・尾崎秀樹「文学建設と海音寺文学」前掲に拠る。
（27）若狭邦男『探偵作家尋訪――八切止夫・土屋光司』（日本古書通信社、二〇一〇年）
（28）岡戸武平「木下尚江『病中吟』と『文学建設』」（『日本古書通信』二五巻八号、一九六〇年八月）
（29）中沢巠夫・尾崎秀樹「〈対談〉文学建設と海音寺文学」（前掲）
（30）佐藤卓己『言論統制――情報官・鈴木庫三と教育の国防国家』（前掲）
（31）巌谷大四『非常時日本文壇史』（中央公論社、一九五八年）
（32）「文学建設」（『文學建設』三巻六号、一九四一年六月）
（33）中沢巠夫「戦の後に行くもの」（『文學建設』四巻二号、一九四二年二月）
（34）「文学建設」（『文學建設』五巻七号、一九四三年八月）
（35）中沢巠夫『阿波山岳党』（講談社、一九四三年）
（36）中沢巠夫・尾崎秀樹「〈対談〉文学建設と海音寺文学」（前掲）
（37）聖紀書房とその経営者である藤岡淳吉については、小谷汪之『「大東亜戦争」期出版異聞――『印度資源論』の謎を追って』（岩波書店、二〇一三年）に詳しい。
（38）中沢巠夫・尾崎秀樹「〈対談〉文学建設と海音寺文学（続）」（『海音寺潮五郎記念館誌』一巻二号、一九八一年三月）
（39）「文学建設」（『文學建設』五巻四号、一九四三年四月）
（40）中沢巠夫・尾崎秀樹「〈対談〉文学建設と海音寺文学」（前掲）
（41）萩原良彦『国鉄ぺいぺい三十年』（新潮社、一九八六年）

（42）中沢巠夫・尾崎秀樹「〈対談〉文学建設と海音寺文学（続）」（前掲）

Ⅱ　総目次

『文學建設』総目次・凡例

一、本総目次は『文學建設』第一巻第一号(一九三九〔昭和一四〕年一月)〜第五巻第九号(一九四三〔昭和一八〕年一一月)全五六冊から採録した。
一、見出し・題名・執筆者名・掲載頁の順に記載した。
一、仮名遣いは原文のままとした。
一、旧漢字・異体字は新漢字・正字に改めた。
一、表題、人名は原則として本文に従い、表記の統一はせず、明らかな誤植のみ訂正した。

『文學建設』第一巻第一号～第五巻第九号

一九三九（昭和一四）年一月～一九四三（昭和一八）年一一月（全五六冊）

第一巻第一号

一九三九（昭和一四）年一月号　創刊号

巻頭言
小説の倫理性――純文学と大衆文学の区別の問題を中心に　片岡貢　二
文学建設　六
随筆
棚ざらへ　海音寺潮五郎　八
銭形平次は長生きでござる　三日月次郎吉　九
別な仕方でゆかう　戸川貞雄　一二
世渡り　升金種史　一四
同人寸言
升金種史・土屋光司・山田克郎・乾信一郎・戸川静子・玉川一郎・高木哲・戸川貞雄・村雨退二郎・遠藤慎吉・笹本寅・高橋鉄・中沢巠夫・永見隆二・原圭二・伊馬鵜平・鯱城一郎・松崎与志人・浅野武男・片岡貢・岡戸武平・海音寺潮五郎・北町一郎・三好季雄・黒沼健・志摩達雄・鹿島孝二・村上啓夫　一六
同人消息　一七
流行作家の流行性　奥村五十嵐　一八
告知板　二二
劇界雑感　浅野武男　二四
映画雑感　松崎与志人　二五
新しき報告文学　南沢十七　二七
小説
お城　岡戸武平　二八
懐石老人　鯱城一郎　四三
同人住所録　五四
扉　木下大雍
目次　坪内節太郎
その他　吉田貫三郎・斉藤種臣
表紙　落合直

第一巻第二号　一九三九（昭和一四）年二月号

巻頭言　戸川貞雄　一
同人寸言
　チャンバラ不平　伊馬鵜平　二
　一杯くはされたかナ?　三日月次郎吉　二
　丹下左膳　海音寺潮五郎　三
　街の風雅　岡戸武平　三
　年頭所感　鹿島孝二　四
　僕たちの宿題　土屋光司　四
　作家と消費面　鯱城一郎　五
　一万袋　笹本寅　五
　人を喰ひすぎる　北町一郎　六
　戦争文学とたけくらべ　山田克郎　六
　杏の缶詰　南沢十七　七
　泣きぼくろ　松崎与志人　七
　初風邪　浅野武男　八
　白鴉　光石介太郎　九
　山田長政のこと　志摩達夫　九
　街へ出勤　乾信一郎　一〇
　ジャーナリズムに於ける代用品　升金種史　一〇
　雑感　遠藤慎吾　一一
ゴシップ　一一
文学建設　一二
論説
　時代小説の諸問題　村雨退二郎　一四
　作品月評　海音寺潮五郎　一九
告知板　二七
随筆
　淡雪の日　丹羽文雄　三二
　舞台と科学　南沢十七　三三
　これからの試み　笹本寅　三四
　新人と文学賞　北町一郎　三五
　春筆一題　伊馬鵜平　三八
小説
天童《アンヂエロ》殺し痛恨記《コンヒカン》――『イサベラお寿鶴懺悔録』　高橋鉄　四二
同人住所録　六四
表紙　鈴木朱雀

第一巻第三号　一九三九（昭和一四）年三月号

巻頭言　一
同人寸言
こんなやうなもの打破　戸川静子　二
なさけな記　伊馬鵜平　二
或る劇場　浅野武男　三
pq＝K　黒沼健　三
表彰もの　片岡貢　四
旅　蘭郁二郎　四
蓄地ものがたり　百々木渡也　五
探偵小説雑感　土屋光司　五
大人の自由画　岡戸武平　六
直木賞　山田克郎　七
古きもの　乾信一郎　七
眼に見えぬ監視者　鯱城一郎　七
素材と構成　松崎与志人　八
南京行きフイとなること　志摩達夫　九
底を割つて　戸川貞雄　一〇
誤尻尾《ごしっぷ》　一一
文学建設　一二
ある抗議への返事　海音寺潮五郎　一四
告知板　二〇
女流作家の当り年　村上啓夫　二二
同人消息　二三
安い本を売るのが何故悪い？――「日本評論」
二月号所載文芸時評「文芸出版界の珍現象」
を駁す　笹本寅　二六
小説
夫婦　戸川貞雄　三一
兎沢に降りた男　蘭郁二郎　三五
若者　松崎与志人　三九
サロン哲学　鹿島孝二　四四
春愁一時間　浅野武男　五一
出羽守の疑惑　村雨退二郎　五五
猫と娘と老人　黒沼健　六一
校正室　七一
同人住所録　七二
表紙　鈴木朱雀

第一巻第四号　一九三九（昭和一四）年四月号

巻頭言
一坪の苗床　片岡貢　一
同人寸言
同人人物評　佐山英太郎　二
一分間の自己紹介　佐々木能理男　三
昆虫小説　南沢十七　三
日本文化　原圭二　四
大衆物とも真剣勝負だ！　三木蒐一　四
坂本龍馬　松崎与志人　六
小説集のこと　笹本寅　六
日本犬　鯱城一郎　八
蜘蛛のために――ヴイオロンを奏く　高橋鉄　八
無限砲弾　村雨退二郎　九
作家狸　浅野武男　一〇
ブリキ小説　乾信一郎　一〇
阿呆宮脚色譚　伊馬鵜平　一一
作家は何歩前進出来るか　山田克郎　一一
田舎者　早川清　一二
淋しき人生　光石介太郎　一四
大岡龍男君　戸川貞雄　一四
文学建設　一六
大衆雑誌批判
婦人雑誌漫評――婦人公論、婦人倶楽部、主婦之友　戸川貞雄　一八
『富士』評　鯱城一郎　二二
『日の出』評　松崎与志人　二五
『新青年』『モダン日本』評――方針のない二つの文化雑誌　神島英夫　二七
オール読物評　海音寺潮五郎　三〇
『週刊朝日』『サンデー毎日』評　片岡貢　三四
『キング』評――恐ろしき盆栽　升金種史　三八
『講談雑誌』評――附　大衆雑誌の『面白さ』に就て　岡戸武平　四一
『講談倶楽部』評　南沢十七　四六
『奇譚』と『ユーモアクラブ』評　奥村五十嵐　四八

告知板　五二
随筆
作品とモラル　原圭二　五四
大衆文化　佐々木能理男　五五
惨たり、はつたり最後の日　浅野武男　五六
同人消息　五九
誤尻尾乱舞《ゴシツプランプ》　五九
小説
一豊君の新妻　永見隆二　六〇
雪・二章　山田克郎　七二
続・柳沢騒動（第一回）　海音寺潮五郎　八〇
次号予告　九八
校正室　九九
同人住所録　一〇〇
表紙　鈴木朱雀
カット　大沢鉦一郎・畳々亭主人

第一巻第五号　一九三九（昭和一四）年五月号

巻頭言　三木蒐一　一
同人寸言
新しい時代小説　原圭二　二
挨拶　東野村章　二
年齢　北町一郎　三
明日への発足　松本太郎　四
花見　山田克郎　五
あるナンセンス　鯱城一郎　五
入社試験　伊馬鵜平　六
自戒　乾信一郎　六
或る目撃　小野田昿　六
「小島の春」　岡戸武平　七
文学建設　八
特輯・大衆作家総批判
流行児松太郎　筧五十三　一〇
長谷川伸論――人及び作家として　戸川貞雄　一一
人文一致の文学――菊池寛論　北町一郎　一五
片岡鉄平氏の世界　土屋光司　一九
白井喬二論　村雨退二郎　二二
大下宇陀児の分析――探偵小説界の扉を締

める論　高橋鉄　二六
小島氏の小説は嫌ひである　玉川一郎　三〇
吉屋信子さんへ　升金種史　三二
林芙美子評　松崎与志人　三六
子母沢寛評　岡戸武平　三八
告知板　四〇・九八
特別寄稿
「婦人雑誌漫評」中の「涙の責任」に就いて
竹田敏彦　四二
ユーモア・クラブについて　辰野九紫　四四
新刊紹介
海音寺潮五郎著『大奥秘帖』　村雨退二郎　四七
笹本寅の『維新の蔭』　奥村五十嵐　五七
阿呆宮管見　鹿島孝二　八五
阿呆宮一千一夜譚の会――出版記念会記　五〇
小説
戊辰正月三日　中沢巠夫　五八
或る真実　戸川静子　七二
続・柳沢騒動（二）　海音寺潮五郎　八六
校正室　九九
同人住所録　一〇〇
表紙　鈴木朱雀

第一巻第六号　一九三九（昭和一四）年六月号

巻頭言
批評せよ　岡戸武平　一
同人寸言
パルプ泣かせ　笹本寅　二
新らしき大衆文芸の黎明　東野村章　二
飛躍　小野田昿　三
感あり矣　原圭二　四
歯　土屋光司　五
秀雄、勝、林ちゃん　松崎与志人　五
名古屋といふところ　鯱城一郎　七
町医の言　浅野武男　八
書下し出版を　北町一郎　八
日本的なもの　志摩達夫　九
満洲青年王君　南沢十七　一〇
拈華微笑　百々木渡也　一一

標語
叱られた話　伊馬鵜平　一
恨みは遠し　戸川静子　一
話の屑籠　岡戸武平　一二
文学建設　一三
「文学建設」連続座談会（第一回）――新興大衆文芸を語る　一四
戸川貞雄・海音寺潮五郎・片岡貢・升金種史・松崎与志人　一六
告知板　三〇・四三
随筆
小島氏の小説は大好きである　川口松太郎　三二
竹馬の友　笹本寅　三二
空呆ける辰野さん　奥村五十嵐　三七
海外の大衆作家――W・S・モオム　土屋光司　四〇
小説
美童奇譚　村雨退二郎　四四
愛憎の終止符　東野村章　五八
続・柳沢騒動（三）　海音寺潮五郎　七一
新刊紹介
ベルドロー著・村上啓夫訳『鋼鉄王クルップ』　松崎与志人　六九
古谷綱武編・丹羽文雄著「丹羽文雄選集」　南沢十七　七〇
校正室　八二
同人住所録　八三
表紙　鈴木朱雀

第一巻第七号　一九三九（昭和一四）年七月号

漫頭言　岩崎栄　二
同人寸言
古本と将棋　中沢巠夫　四
病床寸記　黒沼健　五
大衆文芸は大衆文芸である　東野村章　五
座談会待つた！　浅野武男　六
お答へかくの如し　松崎与志人　七
日光の古老の話　笹本寅　八
纏める　小野田昿　八

ソ連の排日映画　南沢十七　一〇
寸言　久米徹　一一
スローガン　村上啓夫　一一
一歩前進、二歩前進　松本太郎　一一
随想　遠藤慎吾　一二
拈華微笑　百々木渡也　一三
村雨仁儀　岩崎栄　一三
こより　乾信一郎　一五
大衆文芸の向上と面白さの問題　鯱城一郎　一六
パツとしないレツテル　光石介太郎　一八
苦言一束　村雨退二郎　一九
毬栗頭　岡戸武平　二〇
同人坊主見立　二〇
告知板　二一・三三
評論
『荒木又右衛門』に就いて答ゆ　長谷川伸　二二
文芸批評上の言分――長谷川伸氏の寄稿を読んで　戸川貞雄　二四
正常と異常　久米徹　二七
雑誌批判の重要性　中沢巠夫　二八
問題　戸川静子　三一
同人消息　三〇
研究随筆
夏日断想――ジユール・ヴエルヌについて　村上啓夫　三四
記憶麻痺薬 Sinicuichi　南沢十七　三七
文学建設　四〇
「文学建設」連続座談会（第二回）――ユーモア小説に就いて
伊馬鵜平・乾信一郎・玉川一郎・鹿島孝二・松崎与志人　四二
第三回座談会予告!!――時代小説に就て　五一
随筆
遺言の鍾　小野田昿　五二
世俗談議　槙下一　五四
最新化学の驚異――特にアルバジルの実効　南沢十七　五九
作家と作品
ほめるもの三つ　山田克郎　六一
近頃感心記　中沢巠夫　六二

三木蒐一・宇井無愁　奥村五十嵐　六三
科学小説について――「十八時の音楽浴」を中心に　蘭郁二郎　六五
題材の問題――「耕土」に関連して　伊馬鵜平　六六
小説
赤髭仁太　浅野武男　六八
続・柳沢騒動（四）　海音寺潮五郎　七四
校正室　八七
同人住所録　八八
カット　畳々亭主人

第一巻第八号　一九三九（昭和一四）年八月号

巻頭言　伊馬鵜平　一
同人寸言
「消費文学」立候補　高橋鉄　二
条虫の独り言　三好季雄　三
護持院ケ原　中沢巠夫　四
釣り　鯱城一郎　五
反省の鐘　東野村章　六
ユーモア文学に就て　志摩達夫　七
女の患者　久米徹　八
早発性大衆文芸　浅野武男　八
緑蔭偶語――大衆文学のために　岡本京三　九
批評　鹿島孝二　一〇
詩と大衆小説と　北町一郎　一〇
変な人たち　早川清　一一
排英運動　松崎与志人　一三
誤植　土屋光司　一四
生みの親、育ての親　戸川静子　一五
記憶　玉川一郎　一六
香　岡戸武平　一六
旅　山田克郎　一七
国史の歌――山崎弘幾氏の努力　伊馬鵜平　一七
告知板　一九・七五・八五・九七
作品評
「キング」八月号現代物評　神場空行　二〇
「キング」八月号時代物評　ＫＯ　二二
「日の出」八月号現代物評　只野凡児　二五

「日の出」八月号時代物評　須江摘花　二八
文学建設　三二
随筆
児島大審院長と越後獅子祭　久路徹　三四
ラヂオと大衆作家　筧五十三　三六
「物言はぬ聴診器」について　北町一郎　三八
マダムの眼　小野田昿　三九
愛児日記抄　中沢巠夫　四三
特務兵進級　小山鱈吉　四六
『文学建設』連続座談会（第三回）――時代小説あれこれ検討
岩崎栄・岡戸武平・奥村五十嵐・志摩達夫・村雨退二郎・中沢巠夫・松崎与志人　四八
埋草の花　六二
小説
夏祭り　瀬木二郎　六四
リザ　三好季雄　七六
晩秋　戸川静子　八六
校正室　九八
最新化学の驚異――ズルフオンアミド剤に就て　九九
同人住所録　一〇〇
カット　畳々亭主人

第一巻第九号　一九三九（昭和一四）年九月号

巻頭言　伊藤基彦　一
同人寸言
余興「どうかお教へ下さい」　百々木渡也　二
コントに就いて　永見隆二　二
白樺　土屋光司　三
「寿座」と「笑ひの王国」　瀬木二郎　三
大衆作家の生活面――木村荘十（春暁）を読んで　東野村章　四
飛行機　原圭二　六
文化映画大学　南沢十七　七
『”　”?・!（　）――　乾信一郎　八
困つた癖　久米徹　九
たあいなく　小野田昿　九
盛夏記　岡本京三　一一

かういふ人もある！　笹本寅　一二
人生斜断記　北町一郎　一四
寸感　村上啓夫　一四
「ケケケ」小説論　高橋鉄　一五
讃「新水滸伝」　岡戸武平　一六
独白　松崎与志人　一七
同人職業見立て　一八・四一
告知板　一九・三一・五七・六三
雑誌評
オール読物九月号評　F・K　二〇
講談倶楽部九月号評　洞院襄　二六
モダン日本八月号評　逢坂麦酒　二九
同人消息　三一
随筆
御礼詣り　戸川貞雄　三二
わたくしがぬすみ読みした小説　筧五十三　三五
河はただ古く流れて　笹本寅　三七
文学建設　四一
『文学建設』連続座談会（第四回）――探偵小説を中心に
原圭二・高橋鉄・土屋光司・南沢十七・蘭郁二郎・北町一郎・乾信一郎　四四
ハガキ回答
貴下が最初に感銘を受けた小説は？　そして何歳頃のことですか？
鹿島孝二・東野村章・土屋光司・山田克郎・村雨退二郎・松崎与志人・蘭郁二郎・村上啓夫・岡本京三・三好季雄・久米徹・丹羽文雄・斉藤豊吉・瀬木二郎・小野田昿・志摩達夫・伊馬鵜平・玉川一郎・笹本寅・永見隆二・海音寺潮五郎・早川清・遠藤慎吾・奥村五十嵐・乾信一郎・岩崎栄・原圭二・中沢巠夫・百々木渡也・黒沼健・岡戸武平・南沢十七・戸川静子・北町一郎・片岡貢・高橋鉄・松本太郎　五八
同人総会記　六二
小説
遍歴時代　笹本寅　六四
校正室　七九

同人住所録　八〇
カット　畳々亭主人　

第一巻第一〇号　一九三九（昭和一四）年一〇月号

巻頭言　原圭二　一
同人寸言
作家道徳に就いて　三好信義　二
四万雑記　久路徹　二
番茶と親馬鹿――厚臣誕生記　土岐愛作　三
権利とは何か　土屋光司　五
大衆文芸も文芸である　東野村章　五
若い日　松崎与志人　六
旅愁　三好信義　七
スパイ談議　原圭二　八
台所と女　由布川祝　八
桔梗漫筆　鹿島孝二　一〇
万歳の隠語　岡戸武平　一〇
オルゴールと万華鏡　瀬木二郎　一一
構成の問題　岡本京三　一三
見たこと感じたこと　北町一郎　一四
美しき青春問答　戸川静子　一五
近作二つ　笹本寅　一六
御挨拶　樺山楠夫　一七
子供の絵　鯱城一郎　一七
文学建設　一八
雑誌評
講談倶楽部九月増刊時代物評　次郎吉　二〇
婦女界増刊時代物評　紫頭巾　二二
婦女界増刊現代物評　高見生　二五
新青年十月号現代物評　大方荘太郎　二七
週刊朝日新秋特別号現代物評　Q　二九
サンデー毎日秋季特別号現代物評　三太郎　三一
新青年十月号時代小説評　海音寺潮五郎　三二
講談倶楽部増刊現代物評　門前の小僧　三八
同人消息　四一
告知板　四二・四三・五五・八六
覚えがき――「荒木又右衛門」と「伊賀の水月」　戸川貞雄　四四
随筆

編者無用　小山鱈吉　四八
マスカネ　升金種史　五二
わたくし――安田文子さんへ　樺山楠夫　五四
史実は重荷になるか？　村雨退二郎　五六
近詠一つ　海音寺潮五郎　五九
ハガキ回答
貴下が初めて稿料を貰はれたのはいつでしたか？　その時の感想などを、どうぞ
玉川一郎・笹本寅・海音寺潮五郎・百々木渡也・東野村章・志摩達夫・三好季雄・戸川貞雄・蘭郁二郎・高木哲・斉藤豊吉・久路徹・村雨退二郎・北町一郎・土岐愛作・三好信義・土屋光司・黒沼健・三木蒐一・伊馬鵜平・山田克郎・岡戸武平・久米徹・岡本京三・永見隆二・松崎与志人・松本太郎・鯱城一郎・升金種史・早川清・小山鱈吉・戸川静子　六〇
坊主哲学　六四
ゴシツプ――同人女見立て　六五
『文学建設』連続座談会（第五回）――現代小説を中心に
瀬木二郎・鯱城一郎・久米徹・東野村章・松崎与志人　六六
小説
続・柳沢騒動（五）　海音寺潮五郎　七六
校正室　八七
同人住所録　八八
カツト　畳々亭主人

第一巻第一一号　一九三九（昭和一四）年一一月号

巻頭言　海音寺潮五郎　一
同人寸言
美談に就て　鯱城一郎　二
見たこと感じたこと　北町一郎　三
続・讃「新水滸伝」　岡戸武平　五
思ふまま　東野村章　六
自画像の一片　石田和郎　七
空巣狙ひ　岡本京三　八

蟷螂と蜻蛉　土屋光司　九
漫才師になる馬楽君　松浦泉三郎　九
かまいたち　早川清　一〇
残菊物語　松崎与志人　一一
生命の流れ　黒沼健　一二
四畳半の弁　土岐愛作　一三
偽物ばやり　久米徹　一四
半島雑話　由布川祝　一五
古釘　中沢巠夫　一六
嫌ひな冬　山田克郎　一七
雑誌紹介　一七
文学建設　一八
雑誌評
奇譚十一月号評　S・T　二〇
講談雑誌十一月号評　見物生　二二
随筆
文学精神病院　高橋鉄　二四
続・マスカネ　升金種史　二六
椿澄枝論　須江摘花　二七
秋風日記　三好信義　二八
旅中　三好信義　三一
秋旅雑詠　中沢巠夫　三一
ゴシップ　三二
同人消息　三二
告知板　三三・三八・七九
ハガキ通信
あなたは子供の頃何にならうと思ひましたか？
高円寺文雄・隅田久尾・東野村章・志摩達夫・土屋光司・松崎与志人・浅野武男・黒沼健・瀬木二郎・土岐愛作・早川清・久米徹・三好信義・松浦泉三郎・鯱城一郎・戸川静子・斉藤豊吉・伊馬鵜平・乾信一郎・岡戸武平・岡本京三・村雨退二郎・由布川祝・中沢巠夫・升金種史　三四
反響　三七
小説
風　久路徹　三九
K夫人の故郷　佐山英太郎　四六

少年感化船　山田克郎　五〇
校正室　七八
同人住所録　八〇
カット　坪内節太郎・畳々亭主人

第一巻第一二号　一九三九（昭和一四）年一二月号

巻頭言
二つのもの　丹羽文雄　一
同人寸言
ノーベル賞と日本文学　土屋光司　二
泣きみその言　戸川静子　二
過去の日記帳から　鯱城一郎　三
古本と最高価格　松浦泉三郎　四
悲しき日記　東野村章　五
時代　田塚圭二　五
近頃想ふこと　松本太郎　六
足軽精神　海音寺潮五郎　六
時代小説衰亡説に就いて　村雨退二郎　七
文学建設　八
雑誌評
キング十二月号評　茄子余一　一〇
日の出十二月号評　草間草介　一二
富士十二月号現代物評　拾ひ読み生　一五
富士十二月号時代物評　紫頭巾　一七
富士十二月号を読む　大方荘太郎　二〇
大衆文芸十一月号評　皮豹　二二
オール読物十二月号評　海音寺潮五郎　二三
熟み柿――越後歌帳より　由布川祝　二九
寄贈雑誌紹介　二九・五一・五七
評論
映画批評のそのまた批判　中沢巠夫　三〇
明日への期待――十四年度大衆文壇の回顧　東野村章　三二
告知板　三四・三五・五九
随筆
偶感　戸川貞雄　三六
観たもの　岡戸武平　三八
年齢　笹本寅　四二
寝顔を仔熊と並べて　土岐愛作　四五

佐渡のルポルタアヂユ　岩崎栄　四七
研究・考証
旅芝居の話（特別寄稿）　村松駿吉　五二
ハガキ通信
最近の御愛読書とその御感想を
岡本京三・土岐愛作・黒沼健・東野村章・北町一郎・笹本寅・石田和郎・由布川祝・田塚圭二・松浦泉三郎・志摩達夫・土屋光司・海音寺潮五郎　五四
新刊紹介　五八
同人消息　五九
小説
やもり侍　岡戸武平　六〇
校正室　七九
同人住所録　八〇

第二巻第一号　一九四〇（昭和一五）年一月号

巻頭言
早変りと文学　早川清　一
作品
若き日の頁　戸川静子　二
たんま　早川清　四五
天ノ川辻（一幕）――長篇『大山蓮華』第一部　戸伏太兵　七六
同人消息　七五
文学建設　八六
同人寸言
『厳密』南洋文学　耶止説夫　八八
楽書帳（一）　笹本寅　八九
聖職の春　三好信義　九〇
昭和十五年への期待　土屋光司　九〇
今年はどう笑ふか　鯱城一郎　九〇
転落の詩集罵言　山田克郎　九一
雑誌評
ユーモアクラブ新年号批評　海音寺潮五郎　九二
サンデー毎日新春特別号読後感　由布川祝　九三
オール読物新年号評　Q　九六
「現代」新年号評　岡戸武平　九九
週刊朝日新年特別号を読む　一読者　一〇二

評論
編輯者の言（特別寄稿）　佐野孝　一〇四
漢字と綴方　北町一郎　一一二
連続する偶然　岡本京三　一一三
家、赤ん坊その他　石田和郎　一一五
告知板　一〇七
研究・考証
海外の大衆作家（二）――F・Wクロック　土屋光司　一〇八
香具師隠語漫考　松浦泉三郎　一一〇
受贈雑誌紹介　一〇九
校正室　一一六
同人住所録　一一七

第二巻第二号　一九四〇（昭和一五）年二月号

巻頭言
「朝日」の維新小説に就て　海音寺潮五郎　一
作品
白い部屋　蘭郁二郎　二
喜劇　春風家族（一幕）　斉藤豊吉　一一
天ノ川辻（一幕）――長篇『大山蓮華』第一部　戸伏太兵　二六
三月号予告　三七
評論
作家と時代　耶止説夫　三八
これからだ！　東野村章　四一
小説日本外史「源頼朝」正誤表（一）　文学建設編輯部編　四四
雑誌評
『新青年』の『探偵小説増刊』　北町一郎　四六
変態月評――講談倶楽部　岩崎栄　四八
『雄弁』二月号読後感　東野村章　五〇
『第一読物』新春特別号評　鯱城一郎　五二
『オール読物』二月特別号批評　村雨退二郎　五四
『文学建設』新年号作品評　海音寺潮五郎　五七
社告　五八
ラヂオ時評　鳴戸規久　六〇
受贈雑誌・紹介　六〇
研究随筆

おけさ考　岩崎栄　六二
悲劇の詩人一茶　三好信義　六六
読物風の随筆
両隣記　土岐愛作　七〇
珠玉集
「名作」撫斬り座談会　高橋鉄　七六
最近の私感　三好信義　七七
わたくし――井上幸次郎氏へ　樺山楠夫　七八
お正月の汽車　戸川静子　八〇
校正室　八一
同人消息　八一
同人住所録　八二

第二巻第三号　一九四〇（昭和一五）年三月号

目次ノ三
同人住所録
巻頭言
或る示唆　戸川貞雄　一
作品
十津川秋雨の譜（三幕）――長篇『大山蓮華』第二部　戸伏太兵　二
薔薇色の道　岡本京三　三六
文学建設　四六
評論
或る一つの理想と短篇への批判　東野村章　四八
作家と時代（二）――作家と取材のA　耶止説夫　五三
随筆
酒　浅野武男　五七
胸にある気泡　戸川静子　五八
和泉式部異論　松浦泉三郎　六〇
紙談義　鯱城一郎　六二
告知板　六二
海外の大衆作家（三）――メイ・エヂントン女史　土屋光司　六四
会報　六五
雑誌評
雑誌「富士」の分析　統計狂生　六六
キング三月号病臥評　耶止説夫　六九
「講談雑誌」三月号批評　村雨退二郎　七〇

大衆文芸二月号作品評　蘇我隆介　七二
『文学建設』二月号作品について　土屋光司　七三
日の出三月号短篇評　岡戸武平　七四
受贈雑誌・紹介　七五
小説日本外史「源頼朝」正誤表（二）
文学建設編輯部編　七七
村瀬太乙　飯田美稲　八一
悲劇の詩人一茶　三好信義　八四
校正室　八八
社告　八八
目次カット　斉藤種臣

第二巻第四号　一九四〇（昭和一五）年四月号

同人住所録　目次ノ三
巻頭言
明日の通俗性　戸伏太兵　一
作品
闇に浮く虹　由布川祝　二
水ぬるむ　瀬木二郎　一九
狸　鯱城一郎　二九
文学建設　四二
評論
短篇への考察　東野村章　四四
作家と時代（三）――（作家の岐路）―（作家と取材のB）　耶止説夫　四七
文学建設といふこと　平山蘆江　五一
随筆
酒（二）　浅野武男　五五
名作「蚊𢚩」に就いて　山田克郎　五七
原稿料の話――……と申しましても安くて食へん、上げてくれいの悲鳴や愚痴では毛頭ございません　松浦泉三郎　五七
寒川光太郎再会記　松本太郎　五九
清き一票　由布川祝　六〇
海外の大衆作家（四）――A・E・W・メースン　土屋光司　六二
同人消息　六三・八八
雑誌評
『オール読物』四月号評　土屋光司　六四

『講談倶楽部』四月号　岡本京三　六五
「文学建設」三月号作品評　岡戸武平　六七
『富士』春の増刊号批評　村雨退二郎　六九
会報　六八
受贈雑誌・紹介　七〇・八六
書評
北町一郎著『啓子と狷介』について　鹿島孝二　七二
オルデイントン著、岡本隆訳『女は働かねばならぬ』　岡本京三　七三
小説日本外史「源頼朝」正誤表（三）　文学建設編輯部編　七四
特輯・島の風土記
小笠原創生紀　岩崎栄　八〇
舳倉島の海士　山田克郎　八三
ヤツプの麺麹娘　耶止説夫　八四
告知板　八七
校正室　八八
社告　八八
目次カット　木下大雍
カット　木下大雍

第二巻第五号　一九四〇（昭和一五）年五月号

同人住所録　目次ノ三
巻頭言
ユーモア作家の道　鹿島孝二　一
作品
島原乱前書　三好季雄　二
友情の切札　伊志田和郎　四三
文学建設　五二
評論
文芸学としての大衆文学批評論（一）　中沢巠夫　五四
「信子」と「坊ちゃん」　鯱城一郎　六八
随筆
酒（三）　浅野武男　五八
昨今寸談　蘭郁二郎　六〇
父の死　岡本京三　六一
ある未亡人　村松駿吉　六二

「闇に浮く虹」について　戸川静子　六四
悩しき五月　東野村章　六四
同人消息　六五
ハガキ通信
最近感読した大衆小説
原圭二・岡本京三・戸伏太兵・山田克郎・東野村章・松村駿吉・耶止説夫・海音寺潮五郎・村雨退二郎　六六
受贈雑誌紹介　七〇・七五
告知板　七一・七五
会報　七一
雑誌評
『新青年』五月号評　土屋光司　七二
『ユーモア・クラブ』五月号評　門外人　七三
第一読物評　山田克郎　七四
小説日本外史「源頼朝」正誤表（四）
文学建設編輯部編　七六
校正室　八二
社告　八二
目次カット　木下大雍

第二巻第六号　一九四〇（昭和一五）年六月号

同人住所録　目次ノ三
巻頭言
興味性の問題　北町一郎　一
作品
遊撃四番隊（二幕）――長篇『大山蓮華』第三部　戸伏太兵　二
敗北者　土屋光司　二四
文学建設　三二
評論
文芸学としての大衆文学批評論（二）　中沢巠夫　三四
探偵作家の現状　伊志田和郎　三八
雑誌評
『日の出』六月号評　東野村章　四四
『オール読物』六月号夫婦合評　三好季雄　四五
『文学建設』四月号作品評　北町一郎　四七
『文学建設』五月号評　山田克郎　四八

『富士』六月号小説評　海音寺潮五郎　四九
大衆文芸五月号作品批評　村雨退二郎　五二
吉川英治作「源頼朝」正誤表（五）　文学建設編輯部編　五四
歴史文学覚書　海音寺潮五郎　六〇
随筆
旅はみちづれ　由布川祝　六四
短歌と海音寺潮五郎　鯱城一郎　六五
酔禅坊主　村松駿吉　六六
わたくし――御挨拶に代へて　志水雅子　六七
雨窓愚談　松浦泉三郎　六八
漁夫募集譚　川端克二　六九
押合祭　緑川玄三　七〇
酒（四）　浅野武男　七二
寒川の為に弁ず　松本太郎　七四
会報　七四
同人消息　七四
受贈雑誌紹介　七五
校正室　七六
社告　七六

目次カット　田代光
作品カット　田代光・木下大雍
同人住所録

第二巻第七号　一九四〇（昭和一五）年七月号

目次の三

巻頭言
科学小説と科学　蘭郁二郎　一
作品
門平氏の棺　浅野武男　二
雪割小桜　由布川祝　一〇
特輯・ユーモア文学の再建設
ユーモア小説への自省　北町一郎　二一
ユーモア文学とサタイア　土屋光司　三二
ユーモア小説小感　鯱城一郎　三六
評論
文芸学としての大衆文学批評論（三）　中沢巠夫　三八
随筆
犬嫌ひ　瀬木二郎　四八

忙中雑記　鹿島孝二　四九
海の花粉　東野村章　五一
ある視覚よりの眺望　伊志田和郎　五三
近什
岡戸武平・海音寺潮五郎・片岡貢・飯田美稲　四九
会報　五四
同人消息　五四
受贈雑誌紹介　五五
雑誌評
『サンデー毎日』夏季特別号を読む　土屋光司　五六
大衆文学六月号批評　海音寺潮五郎　五七
吉川英治作「源頼朝」正誤表（六）　文学建設編輯部編　六〇
校正室　六四
社告　六四
目次カット　吉田貫三郎

第二巻第八号　一九四〇（昭和一五）年八月号

同人住所録　目次ノ三
巻頭言
大衆文学の苦悶　山田克郎　一
作品
冷笑　川端克二　二
君はますらを　土岐愛作　一九
受贈雑誌紹介　一八
近什
片岡貢・飯田美稲・海音寺潮五郎・岡戸武平　三七
文学建設　三八
『月と六ペンス』について　土屋光司　四〇
書評
戦争と小説――ドヴィンガー「シベリア日記」　北町一郎　四一
会報　四三
同人消息　四三・八二
特輯・歴史文学の進路

史劇の問題　戸伏太兵　四四
正統歴史文学に就いて　村雨退二郎　四八
維新小説の再出発　中沢巠夫　五二
歴史文学の常識　由布川祝　五四
歴史文学への感想　星川周太郎　五六
雑誌評
東野村章・戸伏太兵・土屋光司・村雨退二郎・山田克郎・北町一郎・南沢十七
『週刊朝日』銷夏読物号作品評　六〇
「文学建設」七月号評　六三
「オール読物」八月号作品批評　六四
「日の出」八月号作品評　六六
酒（五）　浅野武男　六八
随筆
通勤往復　岡本京三　七二
流れ冠者　緑川玄三　七三
ヌタップ通信　久米徹　七四
阿波久　村松駿吉　七五
女譚満洲記　岩崎栄　七八
吉川英治「源頼朝」正誤表（七）　八三
校正室　文学建設編輯部編　八八
社告　八八
目次カット　木下大雍

第二巻第九号　一九四〇（昭和一五）年九月号

同人住所録　目次ノ三
巻頭言
文学の指導性　村雨退二郎　一
作品
をかしな同郷人　土岐愛作　二
真菰の月　松浦泉三郎　八
洛外の秋（二幕）　星川周太郎　二〇
新刊紹介
井出英雄著「あめりかの母」　土屋光司　七
千葉静一君を悼む　岩崎栄　三五
評論
小説の伝統（文芸学としての大衆文芸批評論（四））　中沢巠夫　三六

受贈雑誌紹介　四四
雑誌評
東野村章・戸伏太兵・土屋光司・村雨退二郎・山田克郎・北町一郎・南沢十七
『オール読物』九月号作品評　四五
『文学建設』八月号　四九
『富士』九月号作品評　五〇
『講談倶楽部』九月号作品評　五一
『新青年』九月号作品評　五三
『日本評論』八月号『文芸』九月号　五五
『小説界』八月号作品評　五六
吉川英治作「源頼朝」正誤表（八）
文学建設編輯部編　五八
酒（六）　浅野武男　六〇
随筆
「草枕」の骨董　飯田美稲　六二
熱を出した話　志水雅子　六四
盆来る　緑川玄三　六六
母の死　戸川静子　六八
精神の問題　鹿島孝二　六九
大小の弁　五百蔵豊　七一
喧嘩　星川周太郎　七二
包　村松駿吉　七三
混乱の現代小説　東野村章　七四
市井雑記　伊志田和郎　七六
下田にて　土屋光司　七八
旅の印象・樺太　川端克二　七九
会報　八二
同人消息　八二
校正室　八三
社告　八三
目次カット　田代光

第二巻第一〇号　一九四〇（昭和一五）年一〇月号

同人住所録　目次ノ三
巻頭言
時代と作品　岡戸武平　一
作品
魑魅魍魎記（一幕）――長編『大山蓮華』

第四部
『第一読物』十月号　戸伏太兵　二
風雨　村松駿吉　一八
受贈雑誌紹介　三〇
評論
国民文学に就いて　片岡貢　三一
小説の興味性（文芸学としての大衆文学批評論（五））　中沢坙夫　三五
瞰射　四〇
雑誌作品批評
東野村章・戸伏太兵・土屋光司・鹿島孝二・村雨退二郎・山田克郎・北町一郎・南沢十七
『オール読物』十月号　四一
『雄弁』十月号　四四
『ユーモアクラブ』十月号　四五
『富士』十月号　四六
『日の出』十月号　四九
『週刊朝日』秋季特別号　四九
『大衆文芸』九月号　五〇
『文学建設』九月号　五一
『第一読物』十月号　五二
随筆
北先生　土屋光司　五四
児を返す　村松駿吉　五五
日記抄　川端克二　五六
文楽に就て　星川周太郎　五七
話題ふたつ　松浦泉三郎　五八
「オリンピア」雑感　北町一郎　五九
会報　六一
酒（七）　浅野武男　六二
同人消息　六三
校正室　六四
社告　六四
目次カット　木下大雍

第二巻第一一号　一九四〇（昭和一五）年一一月号

目次ノ三
同人住所録
巻頭言
日本文芸中央会の強化　村雨退二郎　一

作品
　葡萄の渓　岩崎栄　二
　匂ふ純情　緑川玄三　一二
秋雑句
　飯田美稲・岡戸武平・海音寺潮五郎　一一
受贈雑誌紹介　二六
赤穂義士雑感　海音寺潮五郎　二七
能二題　田代光　三〇
文学建設　三二
評論
　小説の倫理性（文芸学としての大衆文芸批評論（六））　中沢臦夫　三四
科学的想像小説と荒唐無稽小説について　蘭郁二郎　四一
新刊紹介　四三
雑誌作品批評
　東野村章・戸伏太兵・土屋光司・鹿島孝二・村雨退二郎・山田克郎・北町一郎・南沢十七
　「オール読物十一月号」　四四
　「日の出」十一月号　四六
　「キング」十一月号　四七
　「大衆文芸」十一月号　四八
　「富士」十一月号　五〇
　「文学建設」十月号　五〇
　「講談雑誌」十一月号　五一
　「新青年」十一月号　五一
同人消息　五三
随筆
　英雄峠　岡戸武平　五四
　H氏のこと　川端克二　五六
　朝顔と瓢箪　村松駿吉　五八
　筆のすさび　松浦泉三郎　五九
　力の抜けた記録　土岐愛作　五九
　非伊達不道楽　土屋英麿　六一
　独り言　土屋光司　六二
会報　六三
校正室　六四
社告　六四

第二巻第一二号　一九四〇（昭和一五）年一二月号

目次ノ四

同人住所録
巻頭言
　国民文学の基準　村雨退二郎　一
作品
　北の海　山田克郎　二
　廬山秋色　鹿島孝二　一六
　葡萄の渓　岩崎栄　二二
　中山侍従罷通る（一幕）――長編『大山蓮華』第五部　戸伏太兵　三三
文学建設
評論　四四
　残された問題　東野村章　四六
雑誌評
　東野村章・戸伏太兵・土屋光司・鹿島孝二・村雨退二郎・山田克郎・北町一郎・南沢十七
　「日の出」十二月号　四八
　「富士」十二月号　四九
　「オール読物」十二月号　五一
　「新青年」十二月号　五二
　「文学建設」十一月号　五四
書評
　村雨退二郎著『妖美伝』読後　戸伏太兵　五四
酒（八）　浅野武男　五六
同人消息　五七
ハガキ通信
　昭和十五年度の回想
　土屋光司・由布川祝・戸伏太兵・岡本京三・土屋英磨・星川周太郎・松浦泉三郎・村松駿吉・東野村章・海音寺潮五郎・川端克二・緑川玄三・村雨退二郎・土岐愛作・伊志田和郎・大庭鉄太郎・鯱城一郎・五百蔵豊・北町一郎　五六
受贈雑誌　六三
随筆
　或る会話　由布川祝　六四
　村雨綺談　岡本京三　六四

生長
十二月の悲劇　土屋光司　六五
随想　土屋英麿　六六
忘るべからず　鯱城一郎　六七
会報　五百蔵豊　六八
赤穂義士雑感（二）　六九
校正室　海音寺潮五郎　七〇
社告　表紙ノ三
目次カット　表紙ノ三

第三巻第一号　一九四一（昭和一六）年一月号

同人住所録　木下大雍　目次ノ四
巻頭言
文学二元論の誤謬　中沢巠夫　一
作品
広告人　久路徹　二
母と兵隊（一幕）　斉藤豊吉　二八
会報　四一
文学建設　四二
大和紀行　岡戸武平　四四
受贈雑誌　五〇
評論
翻訳文学について　土屋光司　五一
荻窪雑記　北町一郎　五二
作品月評
東野村章・戸伏太兵・岡戸武平・海音寺潮五郎・鹿島孝二・村雨退二郎・北町一郎・鯱城一郎
『雄弁』新年号　五五
『現代』新年号　五五
『オール読物』新年号　五六
『文学建設』十二月号　五八
『大衆文芸』十二月号　六〇
『講談雑誌』新年号　六一
『講談倶楽部』新年号　六二
山の民　岩崎栄　六四
大歌舞伎の「新編黒田騒動」を観る　村雨退二郎　六六
冬雑句

片岡貢・海音寺潮五郎・飯田美稲・岡戸武平　六七
随筆
文撰女工　石狩三平　六八
母の像　佐藤利雄　六八
私の一カット　気賀由利子　六九
仲人話　石井哲夫　七〇
同人消息　七一
校正室　七二
社告　七二

第三巻第二号　一九四一（昭和一六）年二月号

同人住所録　前付ノ四
巻頭言
国民文学の反対者　村雨退二郎　一
作品
帰る日　東野村章　二
或る夫人　星川周太郎　一九
受贈雑誌紹介　一八
メイ・シンクレア作、土屋光司訳「アリンガム家の人々」を読む　東野村章　二七
新刊紹介　二七
文学建設　二八
評論
小説の倫理性（文芸学としての大衆文学批評論（七））　中沢巠夫　三〇
会報　三七・五一
作品月評
東野村章・戸伏太兵・岡戸武平・海音寺潮五郎・鹿島孝二・土屋光司・北町一郎・鯱城一郎
「改造」新年号　三八
「青年」新年号　三九
「富士」新年号　四一
「講談雑誌」二月号　四二
「富士」二月号　四三
「文学建設」新年号　四四
「日の出」二月号合評　四四
『雄弁』二月号　四九
『新青年』二月号　四九

随筆
逢ひたき人　川端克二　五二
味噌搗き　五百蔵豊　五三
盆栽市　緑川玄三　五五
赤ん坊誕生記　伊志田和郎　五六
バスに乗る　鯱城一郎　五七
漫画家の小説　土屋英麿　五八
不思議な世界　松村駿吉　五八
阿寒点々　従二一郎　五九
覆面烈士とやらに与ふ　松浦泉三郎　六〇
雑詠
片岡貢・海音寺潮五郎・飯田美稲・岡戸武平　五一
同人消息　六二
校正室　六二
社告　六二
カット
田代光・大沢鉦一郎・斉藤種臣・太田雅光

第三巻第三号　一九四一（昭和一六）年三月号

同人住所録　目次ノ六
巻頭言
文学の健全性について　海音寺潮五郎　一
作品
少年郷愁記　北町一郎　二
名馬投票　土岐愛作　二〇
九官鳥　土屋英磨　三二
文学建設　四〇
特輯・国民文学研究
国民文学の先決要件　海音寺潮五郎　四二
理念と性格　石狩三平　四三
国民文学に就ての私見　従二一郎　四五
生まうとする努力　東野村章　四七
独白人のモノロオグ　伊志田和郎　四九
フランスの敗れしは　土屋英磨　五一
文学の活きて行く途　村雨退二郎　五三
作品月評

東野村章・戸伏太兵・岡戸武平・海音寺潮五郎・鹿島孝二・土屋光司・北町一郎・鯱城一郎
『中央公論』二月号　五八
『オール読物』三月号　五九
『講談雑誌』三月号　六〇
『講談倶楽部』三月号　六〇
『富士』三月号　六一
『第一読物』二月号　六一
『大衆文芸』二月号　六二
早春雑詠
飯田美稲・片岡貢・岡戸武平・海音寺潮五郎　六三
書評
戸伏太兵著「天ノ川辻」　海音寺潮五郎　六四
「東京探偵局」その他　山田克郎　六五
小説の大衆性（文芸学としての大衆文学批評論（八））　中沢巠夫　六六
会報　七五
同人消息　七五
ハガキ通信
書きたいものに就ての抱負を語る
東野村章・久米徹・斉藤豊吉・松浦泉三郎・土屋英磨・北町一郎・村松駿吉・伊志田和郎・村雨退二郎・由布川祝・土屋光司　七六
雪の夜話　五百蔵豊　七八
三人の応召者　村松駿吉　八〇
受贈雑誌紹介　八一
校正室　八二
社告　八二
目次カット　斉藤種臣
カット　田代光・大沢鉦一郎・太田雅光

第三巻第四号　一九四一（昭和一六）年四月号

同人住所録　前付ノ四
巻頭言
報告文学について　土屋光司　一
作品
千羽鶴　由布川祝　二

愛憎屯田　従二一郎　二二
忍路高島　気賀由利子　三四
一猫二談　田代光　一八
受贈雑誌紹介　二一
会報　三三
おぼろ月・茅柳
飯田美稲・岡戸武平・海音寺潮五郎　四五
評論
小説批評論（文芸学としての大衆文学批評論（九））　中沢巠夫　四六
随筆
手帖から　松浦泉三郎　五一
国語の時間　村松駿吉　五一
『東京探偵局』　村正朱鳥　五二
科学と迷信　中沢巠夫　五三
同人住所録奇談　土屋英麿　五四
同人消息　五五
作品月評
東野村章・戸伏太兵・岡戸武平・海音寺潮五郎・鹿島孝二・土屋光司・北町一郎・鯱城一郎
『文芸』三月号　五六
『文芸春秋』と『大衆文芸』共に三月号　五七
『オール読物』四月号　五九
『第一読物』三月号　六〇
『ユーモアクラブ』四月号　六一
『大衆文芸』三月号　六二
『文学建設』三月号　六二
文士気質今昔　久路徹　六四
百年園失敗記　緑川玄三　七〇
校正室　七六
社告　七六
目次カット　斉藤種臣
小説カット　木下大雍

第三巻第五号　一九四一（昭和一六）年五月号

同人住所録　前付ノ四
巻頭言
作家の純粋性と小説の真実性　北町一郎　一

作品
本圀寺党の人々　中沢巠夫　二
汽車　川端克二　二二
山　村松駿吉　二七
書評
鹿島孝二著「男の敵」を評す　北町一郎　三三
文学建設　三四
日本神話の性格（特別寄稿）　千家尊建　三六
作品批評座談会
岡戸武平・海音寺潮五郎・鹿島孝二・北町一郎・戸伏太兵・東野村章・土屋光司
『オール読物』五月号　四二
『日の出』五月号　四八
『講談倶楽部』五月号　五一
『大衆文芸』四月号　五五
『文学建設』四月号　五七
花の冷え　飯田美稲　五九
洛北浅春　五百蔵豊　六〇
博士と町医　鹿島孝二　六四
会報　六七
受贈雑誌　六七
弟の帰郷　気賀由利子　六八
先人の苦心　土屋光司　六九
続・手帖から　松浦泉三郎　七〇
同人消息　七一
校正室　七二
社告　七二
カット　木下大雍

第三巻第六号　一九四一（昭和一六）年六月号

同人住所録　前付ノ四
巻頭言
作家と教養　鹿島孝二　一
小説特輯
坂上田村麿（長篇第一回）　戸伏太兵　二
あこがれ　石井哲夫　一七
海戦記　従二一郎　二八
変な手紙　浅野武男　四八
本圀寺党の人々（第二回）　中沢巠夫　六〇

受贈雑誌　一六
会報　五九
現代文人筆蹟展予告　七三
文学建設　七四
赤穂浪士雑感（三）　海音寺潮五郎　七六
新刊紹介　八三
文芸批評といふこと　北町一郎　八四
枠の中の大衆　東野村章　八五
現代小説月評
日の出・富士・週刊朝日・講談倶楽部・オール読物・ユーモアクラブ　土屋光司　八六
時代小説月評
富士・新青年・講談雑誌・文学建設・日の出・オール読物・大衆文芸　岡戸武平　八九
校正室　表紙ノ三
目次カット　吉田貫三郎
カット　木下大雍・畳々居

一九四一（昭和一六）年七月号　休刊

第三巻第七号　一九四一（昭和一六）年八月号

作品
坂上田村麿（長篇第二回）　戸伏太兵　二
満洲氷雨　南沢十七　一七
愛情の縺れ　東野村章　三八
本圀寺党の人々（第三回）　中沢巠夫　四六
春雷・短夜
飯田美稲・岡戸武平・海音寺潮五郎・片岡貢　三七・五九
受贈雑誌　四五
現代文人筆蹟展　五五
捕物小説について　北町一郎　五六
農村小説と越後の農民　緑川玄三　六〇
琉球ある記　蘭郁二郎　六三
講談覚え書（一）　佐野孝　六八

各雑誌作品月評
「文学建設六月号」　七三
「オール読物」七月号　七四
「講談倶楽部」七月号　七六
「日の出」七月号　七八
「富士」七月号　七八
同人消息　七九
校正室　八〇
目次・扉・小説カット　木下大雍

第三巻第八号　一九四一（昭和一六）年九月号

作品
坂上田村麿（長篇第三回）　戸伏太兵　二
犠牲　土屋光司　一三
本圀寺党の人々（第四回）　中沢坙夫　二六
受贈雑誌　四四
現代文人筆蹟展報告　四五
文学建設　四六
げて仏礼讃　木下大雍　四八
会報　五一
文学傷心　山田克郎　五二
肯かしめる国民文学を　村正朱鳥　五四
蛙は蛙　五百蔵豊　五六
佃煮　大隈三好　五九
新刊紹介　六一
同人消息　六一
南山寿堂随想　中沢坙夫　六二
各雑誌作品月評
「講談倶楽部」八月号　七二
「富士」八月号　七三
「新青年」八月号　七三
「オール読物」八月号　七三
「日ノ出」八月号　七四
講談覚え書（二）　佐野孝　七六
雑詠
飯田美稲・片岡貢・海音寺潮五郎・岡戸武平　七九
校正室　八〇
扉絵　木下大雍
カット　木下大雍・田代光・斉藤種臣

第三巻第九号　一九四一（昭和一六）年一〇月号

作品
坂上田村麿（長編第四回）　戸伏太兵　二
驟雨　伊志田和郎　一一
若い心　石井哲夫　二〇
受贈雑誌紹介　一〇
短歌「虫」・俳句「百日紅」
海音寺潮五郎・飯田美稲・岡戸武平　一九
文学建設　五八
捕物小説撲滅論　中沢巠夫　六〇
各雑誌作品月評
「オール読物」九月号　六六
「講談倶楽部」九月号　六七
「富士」九月号　六七
「大衆文芸」九月号　六九
会報　六九
書評
ロバート・ライリイ作・井上英三訳「黒い深い河」　村雨退二郎　七〇
会友・誌友規定　七一
講談覚え書（三）　佐野孝　七二
新刊紹介　七三
特輯・当面の課題
新文学の課題　東野村章　七四
性根の問題　鹿島孝二　七六
新文学の構想　北町一郎　七八
同人消息　八〇
校正室　八一
扉絵　木下大雍

第三巻第一〇号　一九四一（昭和一六）年一一月号

同人住所録　目次ノ四
海洋文学と科学精神　川端克二　二
大衆文学の変貌と「文建」　松浦泉三郎　四
勤王精神と文学　中沢巠夫　七
書評
室伏高信氏の長編小説『葦』を読む

会報　土屋光司　一六
赤穂浪士雑感（四）　海音寺潮五郎　一七
現代作家研究（1）　一八
岩下俊作論――追憶的境地より建設的境地へ　村正朱島　二一
各雑誌作品月評
「オール読物」十月号　二七
「講談倶楽部」十月号　二八
「日の出」十月号　二九
「大衆文芸」九月号　三一
「文学建設」九月号　三二
「富士」十月号　三二
「新青年」十月号　三三
受贈雑誌紹介　三五
作品
吾妻八景　浅野武男　三六
過程　東野村章　四七
白魔　緑川玄三　五八
坂上田村麿（長編第五回）　戸伏太兵　七一
社告
時局柄適切なビルマ資料を取次ぐ　五七
新刊紹介　七九
校正室　八〇
扉絵　木下大雍

第三巻第一一号　一九四一（昭和一六）年一一月号

目次ノ四

同人住所録
作品
娘の部屋（一幕）　斉藤豊吉　二
奴婢　松浦泉三郎　一六
坂上田村麿（長編第六回）　戸伏太兵　三四
会報　一五・五〇・六七
受贈雑誌紹介　三三
社告
時局柄適切なビルマ資料を取次ぐ　三九
会友を募る・誌友を募る　四七
文学建設三箇年の回顧　四〇
同人消息　四三

俳句・雁　伊丹居・朱鳥　四三
書評・長井寿助著「淮河の四季」を読んで　樺山楠夫　四四
文学建設　四五
講談覚え書（四）　佐野孝　四八
現代作家研究（2）
村雨退二郎論（1）　戸伏太兵　五一
随筆
松原雑想　岩崎栄　五三
立見席　土屋英磨　五三
南山寿堂随想　中沢坙夫　五五
新刊紹介　五七
各雑誌作品月評
「日の出」十一月号　五八
「新青年」十一月号　五九
「富士」十一月号　五九
「講談倶楽部」十一月号　六〇
「オール読物」十一月号　六〇
「大衆文芸」十月号　六二
「文学建設」十月号　六二
ハガキ通信
将来国民文学作家として活躍すると予想される現作家
東野村章・土屋英磨・浜本浩・土師清二・正岡容・鹿島孝二・長田幹彦・緑川玄三・久米徹・平山蘆江・山田克郎・大隈三好・打木村治・松浦泉三郎・中沢坙夫・松本太郎・土屋光司・村雨退二郎　六四
校正室　六八
扉絵・目次カット　木下大雍

第四巻第一号　一九四二（昭和一七）年一月号

同人住所録　目次ノ四
創刊三週年総会写真　口絵
作品
海況調査船　川端克二　二
坂上田村麿（長編第七回）　戸伏太兵　二四
未完の夢　東野村章　三一

初代山本神右衛門　大隈三好　四二
会報　三〇・四一
社告　五〇
現代作家研究（3）
海音寺潮五郎論　岡戸武平　五一
同人消息　五五
文学建設　五六
評論
ユーモア作家の言葉（1）　鹿島孝二　五八
探偵小説の再出発　大慈宗一郎　六〇
「大衆文学」と別れる　山田克郎　六二
我々の批評態度について――大衆文芸文学建設・作品月評　村正治　六四
短歌・大東亜戦争　中沢巠夫・土屋光司　六五
風呂木生事湊邦三郎君に与ふ――併て湊邦三論として　中沢巠夫　六六
新刊紹介　七二
受贈雑誌紹介　七二
校正室　表紙ノ三
扉絵と目次カット　木下大雍

第四巻第二号　一九四二（昭和一七）年二月号

評論
戦争の後に行くもの　中沢巠夫　二
新しい衣裳　松本太郎　五
現代作家研究（4）
石川達三論　東野村章　七
新刊紹介　一三・五五
会報　一三
文学建設　一四
随想　環境と文学
丹波の山奥にて　石井哲夫　一六
大いなる環境と小なる環境　緑川玄三　一八
環境と文学　伊志田和郎　二一
社告　二三
各雑誌作品月評
田岡典夫氏の作品に就いて（オール読物・講談倶楽部十二月号）　中沢巠夫　二四
村雨退二郎君の近業（ひよつと斉出陣　講

談倶楽部） 中沢至夫 二七
講談倶楽部十二月号を読む 村正治 二八
『他人の幸福』その他に就いて（キング十二月号） 松浦泉三郎 三〇
文学建設の二作品 鹿島孝二 三二
異郷小説二つ 川端克二 三二
受贈雑誌紹介 三三
作品
坂上田村麿（長編第八回） 戸伏太兵 三四
はは 村松駿吉 四三
海の彼方へ 土屋光司 五六
ハワイ戦争実況写真 村正治 四二
新刊紹介 五五
同人消息 六五
講談覚え書（五） 佐野孝 六六
編輯後記 表紙ノ三
表紙・カット 木下大雍

第四巻第三号　一九四二（昭和一七）年三月号

論説
作家の心構へについて 東野村章 二
国民文学研究（1）
大衆小説的技法より国民文学の技法へ 岡戸武平 六
各雑誌作品月評
長谷川幸延氏の『冠婚葬祭』 戸伏太兵 一一
『国民演劇』 村正治 一二
『講談倶楽部』新年号 東野村章 一三
『オール読物』・『大衆文芸』一月号 川端克二・松浦泉三郎 一六
会友作品評 川端克二・土屋光司 一七
新刊紹介 一五
わが小品
夢をゐがく 戸伏太兵 一八
会報 一九
同人消息 一九

随筆
花さまざま　佐藤利雄　二〇
野の花・山の花　瀬木二郎　二二
大東亜文化戦と文学者の覚悟
あの日以後　打木村治　二四
太平洋文化時代　新居格　二五
言ふも愚か　川端克二　二六
東洋の理想　東野村章　二七
文化戦争への動員　村雨退二郎　二八
前進！　また前進!!　鯱城一郎　二九
作品
青い林檎　村正治　三〇
象山と大砲　山崎公夫　四四
坂上田村麿（長編第九回）　戸伏太兵　五四
受贈雑誌紹介　五三
講談覚え書（六）　佐野孝　六三
編集後記　六六
同人住所録　表紙ノ三
表紙　木下大雍

第四巻第四号　一九四二（昭和一七）年四月号

文学建設　二
作品
坂上田村麿（長編第十回・完）　戸伏太兵　四
亀之助様離東　岡戸武平　一六
敢死　従二一郎　二二
彦九郎殿の内方　大隈三好　三一
尊瀧院系図　中沢巠夫　四五
受贈雑誌　一五
書評
民族史を書いた作家――ルードルフヘルツ
オーク著「独逸民族史」　村雨退二郎　三〇
会友作品評　戸伏太兵　四四
同人住所録　六四

第四巻第五号　一九四二（昭和一七）年五月号

国民文学を文学の広場に――作家は先づ自ら燃えよ　村正治　二
新刊紹介　七
受贈雑誌御礼　七
文学建設　八
現代作家研究（5）
大庭さち子論　由布川祝　一〇
会報　一六
月例評壇
小笠原秀昱作「芋代官切腹」　大慈宗一郎　一七
村正治君の新出発――青い林檎を読みて　戸伏太兵　一八
『坂本龍馬』『盤山僧兵録』　土屋光司　一九
「豪傑の系図」を読む　村正治　二一
対談――同人の近著について　中沢茲夫・土屋光司　二三
随筆
飛んだ聴き役　緑川玄三　二六
小さな町で　伊志田和郎　二七
小説『坂上田村麿』註記　戸伏太兵　三〇
講談覚え書（七）　佐野孝　三三
編輯後記　三五
作品
帰化人部落　山田克郎　三六
湖心（「はは」続篇）　松村駿吉　五〇
同人消息　六二
同人住所録　表紙ノ三
表紙　木下大雍

第四巻第六号　一九四二（昭和一七）年六月号

論説
似而非国民文学を排す　中沢茲夫　二
書評
『パパーニン北極探検記』　戸伏太兵　九
文学建設　一〇
現代作家研究（6）
桜田常久論　東野村章　一二
文学建設同人近著　一九
旅信

熱河感傷　飯田美稲　二〇
旅信旁々　鹿島孝二　二三
会報　二五
同人消息　二五
月例評壇
「北海の霹靂」を評す　中沢巠夫　二六
「坂上田村麿」雑感　山田克郎　二七
文学建設四月号の作品　村雨退二郎　二八
『文学建設』の現代小説　戸伏太兵　三〇
大隈三好君の二作品　由布川祝　三一
講談覚え書（八）　佐野孝　三二
受贈雑誌御礼　三五
作品
林檎食はれる――林檎譚第二話　村正治　三六
寝棺　浅野武男　四七
文学建設同人近刊　六四
同人住所録　表紙ノ三
表紙　木下大雍
カツト　暮田延美

第四巻第七号　一九四二（昭和一七）年七月号

研究随想
望洋雑記　村雨退二郎　二
国民文学としての歴史小説　蔭山東光　六
受贈雑誌紹介　一一
わが小品
マイナスの賞金　村正治　一二
月例評壇
現代人の心理――五月号の現代小説の中から　東野村章　一四
パレンパンの花束（伊地知進）・海戦（木村荘十）・その他　大慈宗一郎　一六
神崎武雄氏の二作（日の出・オール読物・五月号）　村松駿吉　一七
大衆文芸五月号　村正治　一九
「赤道地帯」読後感　鹿島孝二　二一
講談覚え書（九）　佐野孝　二三
南方だより　二七

作品
小木の譜　緑川玄三　二八
彦九郎京日記　大隈三好　四八
会報　四七
同人消息　四七
新刊紹介　四七
編輯後記　表紙ノ三
表紙　木下大雍
カット　木下大雍・暮田延美

第四巻第八号　一九四二（昭和一七）年八月号

現代作家研究（7）
木村荘十論　東野村章　二
文学建設　一二
評論
史伝と歴史小説――客観と主観の問題　村正治　一四
文学建設同人近刊　一八
『講談社新小説叢書』執筆についての抱負
文学の真実　今井達夫　一九
「日本海流」に就いて　山田克郎　二〇
「阿波山嶽武士」就いて　中沢巠夫　二〇
幽黙豪語　鹿島孝二　二一
小泉八雲　岡戸武平　二二
「日本の小説」のために　村雨退二郎　二三
新文学の抬頭を希望する　牧野吉晴　二四
近頃読んだものなど　土屋光司　二五
湖水随筆
宍道湖　岡戸武平　二六
猪苗代湖　佐藤利雄　二九
同人消息　三二
月例評壇
講談倶楽部六月号　村正治　三三
山田克郎・浅野武男両氏の近作　松村駿吉　三五
『運命』を瀆める――村雨退二郎著「富士の歌」を読んで　東野村章　三七
「勤王届出」読後感　中沢巠夫　三九
村正治君の「林檎譚第二話」　土屋光司　四一
受贈雑誌御礼　四二

講談覚え書（一〇）　四三
作品
上野山内　戸伏太兵　四七
花の歯車　鯱城一郎　五三
文学建設同人近著　六四
編輯後記　表紙ノ三

第四巻第九号　一九四二（昭和一七）年九月号

論説
史実尊重の限界性　村正治　二
新刊紹介　一〇・一九・三七
現代作家研究（8）
山田克郎論　東野村章　一一
随筆
赤峰　飯田美稲　二〇
作品批評座談会
連作小説について・史実小説と逸話小説・技巧の問題・実話の興味・歴史小説の傾向
土屋光司・戸伏太兵・東野村章・中沢巠夫・村雨退二郎・村正治　二四
会報　三三
月例評壇
複雑な維新史の処理――中沢巠夫著「攘夷の道」　村雨退二郎　三四
逞しい文学――寒川光太郎氏「北風ぞ吹かん」を読む　土屋光司　三五
受贈雑誌御礼　三七
埋草十句　白父　三七
作品
同族の系図　従二一郎　三八
文覚勧進帳　由布川祝　五三
同人消息　五二
同人住所録　表紙ノ三
表紙　木下大雍
カット　暮田延美・木下大雍

第四巻第一〇号　一九四二（昭和一七）年一〇月号

文学建設　二

作品
南の炎　村松駿吉　四
山村日記　土屋光司　一三
河風　東野村章　三六
幸運の鬮　村正治　五一
同人消息　一二
受贈雑誌御礼　一二
編輯後記　六四
文学建設同人近刊　表紙ノ三

第四巻第一一号　一九四二（昭和一七）年一一月号

現代作家研究（9）
戸伏太兵論　東野村章　二
地方通信
秋の北海道　従二一郎　一〇
毒消し村　緑川玄三　一一
新豊後風土記　河合源太郎　一三
月例評壇
講談倶楽部・オール読物・現代作品――八月・九月号　村松駿吉　一五
大衆文芸十月号　村正治　一七
作品
十津川権八猿　戸伏太兵　一九
街角　浅野武男　三三
文覚勧進帳　由布川祝　四八
文学建設同人近刊　三二
会報　四七
同人消息　四七
受贈雑誌御礼　四七
会友作品評　土屋光司　六三
文学建設同人近著　六四
編輯後記　表紙ノ三
表紙　木下大雍
カット　暮田延美・木下大雍

第四巻第一二号　一九四二（昭和一七）年一二月号

南方通信　北町一郎　二
同人消息　四

昭和十八年度への構想

眼目は依然国民文学　村雨退二郎　五

愉しく苦しき行進へ　村正治　七

ただ邁進!!　村松駿吉　八

希望　東野村章　九

素描を　山田克郎　一〇

日本文芸の大道を歩まん　中沢至夫　一〇

切に念ふ　鹿島孝二　一二

来年度への道　土屋光司　一三

受贈雑誌御礼　一四

歴史文学の雑音　村雨退二郎　一五

会友原稿批評　中沢至夫　二二

月例評壇

南達彦著『禁酒先生』　鹿島孝二　二三

緩衝地帯的存在　村正治　二四

村雨退二郎著『愁風嶺』　土屋光司　二六

石井哲夫著『印度鉄騎隊』　中沢至夫　二八

山田克郎著「帆装」について　東野村章　二八

村雨退二郎著『黒潮物語』読後感　村松駿吉　二九

足袋　校正子　三一

文学建設　三二

天狗党雑記　中沢至夫　三四

作品

河風　東野村章　四〇

守宮　鯱城一郎　五四

会友作品評　村正治　五三

文学建設同人近刊　六一

『文学建設』第四巻索引　六二

会報　六二

編輯後記　六四

文学建設同人近著　表紙ノ三

第五巻第一号　一九四三（昭和一八）年一月号

宣言　一

現地報告『チヤハヤ・マタハリ』――インドネシア人と芝居　北町一郎　二

受贈雑誌御礼　一〇

白衣の帰還（1）　岩崎栄　一一

特別寄稿
自問自答　打木村治　一五
大破と小成　岩倉政治　一七
伝記に就いての雑感　森銑三　一九
日向高千穂　中沢茎夫　一八
現代作家研究（11）
村雨退二郎論　東野村章　二三
国民文学論――文建現代小説部会に寄せて　鹿島孝二　三五
月例評壇
火術深秘録を読む　村正治　四一
素材と文学――桜田常久『安南黎明期』　土屋光司　四三
打木村治著「春の門」読後　東野村章　四四
「元治元年」を読む　中沢茎夫　四五
随筆
嵯峨・寂光院　岡戸武平　四七
文学建設同人近刊　五一
創作
だんびら祭　戸伏太兵　五四
編輯後記　表紙ノ三
目次カット　斉藤種臣
カット　暮田延美
表紙　斉藤種臣

第五巻第二号　一九四三（昭和一八）年二月号

巻頭言　村雨退二郎　五
特輯・大東亜戦下における文学者の任務
築け日本の文学を　東野村章　六
国民的激情と文学的理性　村正治　一七
現地報告『チヤハヤ・マタハリ』（二）――インドネシヤ人と芝居　北町一郎　二五
喪中迎春　湯浅文春　三一
随筆
人物ノート（蓮月尼二題）　綿谷雪　三二
愛国百人一首　土屋光司　三三
貞心尼がこと　由布川祝　三三
歴史文学略史（一）――明治から大正へ　柳田泉　三五

会報　三九
現代作家研究（12）
丹羽文雄論　東野村章　四〇
月例評壇
矢崎弾著『三代の女性』　鹿島孝二　五一
平田弘一氏『洋船事始』　戸伏太兵　五二
真杉静枝著『鹿鳴館以後』　大慈宗一郎　五三
大衆文芸新年号　村正治　五三
創作
白衣の帰還（二）　岩崎栄　五五
不退転（一）　中沢巠夫　五九
会友募集　七九
編輯後記　八〇
目次カット　斉藤種臣
カット　暮田延美
表紙　斉藤種臣

第五巻第三号　一九四三（昭和一八）年三月号

巻頭言
うちてしやまむ　五
特輯・国民文学と大衆雑誌
庶民文学雑考――附、大衆雑誌と国民文学　牧野吉晴　六
編輯者に翹望す　山田克郎　九
百尺竿頭更に一歩　村雨退二郎　一一
大衆雑誌と国民文学　鹿島孝二　一六
戦記と文学――従軍作家論　東野村章　一九
隠れた作者　福田清人　二六
随筆
藤田小四郎の書翰と容貌　中沢巠夫　二八
「お」の字弁　岡戸武平　二九
転業者の心理（炭砿労務者に就いて）　大慈宗一郎　三〇
天神講　大隈三好　三二
歴史文学略史（二）――明治から大正へ　柳田泉　三三
「チヤハヤ・マタハリ」（三）――インドネシヤ人と芝居　北町一郎　三八
バルザックの方法　村雨退二郎　四二

新刊紹介　四三
月例評壇
文学論の方向　東野村章　四四
戸伏太兵の近作「天誅組……」三篇　由布川祝　四五
『オール読物』『講談倶楽部』二月号　土屋光司　四七
棟田博氏『俘虜』　戸伏太兵　四八
わが文学道　中沢巠夫　四九
創作
小説家の制服　鹿島孝二　五〇
白衣の帰還（三）　岩崎栄　五六
不退転（二）　中沢巠夫　六二
文学建設同人近刊　五五
編輯後記　八〇
目次カット　斉藤種臣
表紙　斉藤種臣
カット　暮田延美

第五巻第四号　一九四三（昭和一八）年四月号

巻頭言　東野村章　五
創作
猿飛佐助の死　村雨退二郎　六
余寒　土屋光司　二〇
兄の日記　東野村章　二九
剣舞　岡戸武平　三六
白衣の帰還（四）　岩崎栄　四二
新刊紹介　一九・四七
文学建設同人近刊　三五
会友作品評——わが小品三篇　土屋光司　四五
随筆
偶感　岡戸武平　四八
いろは国民歌の提唱　村正治　四九
昔の主従　大草倭雄　五〇
黒潮の風（詩）　塚本篤夫　五〇
好色文学の再抬頭　中沢巠夫　五二
会友募集　五五

文学建設　五六
蟹聞　宮良当壮　五八
月例評壇
井上友一郎「千利休」・歴史文学批評の貧
困・文学の政治性に就いて・文芸批評の指
導性・小説か、随筆か、報告か
中沢巠夫・東野村章　六三
特輯・古典の回顧
竹取物語のプロット　綿谷雪　七〇
夕顔の個性　戸伏太兵　七四
柳亭種彦　土屋光司　七七
編輯後記　八〇
表紙　斉藤種臣
カット　田代光
目次カット　斉藤種臣

第五巻第五号　一九四三（昭和一八）年五月号

巻頭言　戸伏太兵　五
創作
白衣の帰還（五）　岩崎栄　六
夢の通ひ路（上）　戸伏太兵　一二
熊狩日記　従二一郎　五四
ウマノスズクサ　山田克郎　六八
好悪のこと　浅野武男　一六
短歌
転業　金子不位　一九
白髪　湯浅文春　七七
特輯・外国人の日本観
ケンプェルの鎖国論　中沢巠夫　二〇
ピエル・ロチについて　土屋光司　二四
八雲・解釈の一つの試み　岡戸武平　二七
文学建設　三〇
ドストエーフスキイの個性　東野村章　三二
マライの支那人（一）　海音寺潮五郎　三四
船中・船後　北町一郎　三八
月例評壇
現代文学部会記事
文学の永遠性・国民文学の精神・芥川賞、
直木賞に就いて

北町一郎・村正治・山田克郎・鹿島孝
二・土屋光司・東野村章　四三
歴史文学部会記事
純文学作家の歴史小説と批評家の貧困・文
学に於ける歴史的実在・歴史の把握方法・
実在人物・実在事件・歴史小説の典型
海音寺潮五郎・中沢巠夫・岡戸武平・
戸伏太兵・村雨退二郎　四五
蟹聞（二）　宮良当壮　五〇
会報　五三
会友募集　六七
編輯後記　八〇
表紙　斉藤種臣
カット　田代光
目次カット　斉藤種臣

第五巻第六号　一九四三（昭和一八）年六月号

巻頭言　土屋光司　五
創作
牡丹　緑川玄三　六
白衣の帰還（六）　岩崎栄　一六
打破　由布川祝　四六
混血児　土屋光司　五六
九度山出廬　中沢巠夫　六八
馬来の支那人（二）　海音寺潮五郎　二三
消息　二七
女性と文芸教養　新居格　二八
燕巣　井伏鱒二　三〇
作家と作品批評（座談会）
㊀作品とジヤーナリズム・純文学の鉄面皮・
無批判作品と珍紛漢作品・幼稚な純文学・
素人作家と素材主義・美談逸話型小説・素
材と発見
岡戸武平・鹿島孝二・大慈宗一郎・土屋
光司・戸伏太兵・東野村章・中沢巠夫・
村雨退二郎　三一
ハガキ回答
最も合理的な新人推薦制度、又は案
森銑三・片岡鉄兵・丸山義二・白井喬二・

戸川貞雄・村雨退二郎・山田克郎・海音
寺潮五郎・岩崎栄・今井達夫・北町一郎　四二
どなられる話　佐野孝　四四
会友作品評　土屋光司　五三
文学建設同人近刊　七九
編輯後記　八〇
表紙　斉藤種臣
目次カット　斉藤種臣
カット　田代光

第五巻第七号　一九四三（昭和一八）年八月号

文学建設　一
皇国史観と歴史文学　中沢坙夫　二
歴史文学と史実との関係　蔭山東光　一三
マライの支那人（三）　海音寺潮五郎　一六
文学建設同人近刊　二〇
月例評壇
今井達夫著『新月』　大慈宗一郎　二一
山田克郎著『日本海流』　村正治　二二
中沢坙夫著『阿波山嶽党』　村雨退二郎　二三
鹿島孝二著『情熱工作機械』　北町一郎　二五
岡戸武平『小泉八雲』　海音寺潮五郎　二六
南川潤著『生活の扉』　土屋光司　二七
七月号の雑誌から　東野村章　二九
編輯後記　三二
消息　三二

第五巻第八号
一九四三（昭和一八）年九月・一〇月・一一月合
併号

文学建設　一
現代文学に於ける歴史精神　東野村章　二
消息　一一・一八
マライの支那人（四）　海音寺潮五郎　一二
考証随筆
屋敷明渡の風格　中沢坙夫　一九
貞心尼がこと　由布川祝　二一
雪の塩沢　緑川玄三　二三

屯田兵以前　従二一郎　二六
新刊紹介
勤労者文芸の方向　北一　二六
文学建設同人近刊　二七
月例評壇　二八
信念なき文芸のすがた（八・九月号の雑誌）
東野村章　二九
編集後記　三二

第五巻第九号

一九四三（昭和一八）年一一月号　終刊号

文学建設　一
正統歴史文学の理念——特に歴史的事実に対する態度について　村雨退二郎　二
随筆
神道と文学　安藤信　一九
志士文学と職業文学　村正治　二〇
日下部伊三次の詩　中沢巠夫　二一
「現地小説」に就いて　北町一郎　二二
月例評壇
十一月号私観　東野村章　二五
文学の三十年と眼中の人　山田克郎　二九
『八雲』第二輯を読んで　土屋光司　三〇
文学建設同人近刊　三一
編輯後記　三二

Ⅲ　同人一覧

『文學建設』同人一覧・凡例

一、本一覧は『文學建設』各号における参加同人を一覧にしたものである。

一、本一覧は『文學建設』第一巻第一号（一九三九〔昭和一四〕年一月）～第五巻第九号（一九四三〔昭和一八〕年一一月）全五六冊から採録した。

一、本一覧は『文學建設』各号の「同人住所録」に拠った。「同人住所録」の記載がない号や、参加同人に変動のない号については省略した。

一、「同人消息」「会報」に加入・脱退・除名等の記載がある場合はそちらを優先した。

一、旧漢字・異体字は新漢字・正字に改めた。

『文學建設』　第一巻第一号～第五巻第九号

一九三九（昭和一四）年一月～一九四三（昭和一八）年一一月（全五六号）

第一巻第一号

一九三九（昭和一四）年一月号

創刊号

岩崎　栄
乾　信一郎
伊馬　鵜平
原　圭二
丹羽　文雄
早川　清
遠藤　慎吾
戸川　貞雄
戸川　静子
岡戸　武平
奥村　五十嵐
綿谷　雪
（戸伏　太兵）
海音寺潮五郎
片岡　貢
鹿島　孝二
神島　英男
筧　五十三
横関　五郎
高橋　鉄
高木　哲
玉川　一郎
土屋　光司
鯱　城一郎
中沢　至夫
永見　隆二
南沢　十七
蘭　郁二郎
村上　啓夫
村雨　退二郎
黒沼　健
久路　徹
山田　克郎
松崎　与志人
升金　種史
浅野　武男
笹本　寅
北町　一郎
三木　蒐一
三好　好雄
光石　介太郎
志摩　達夫

第一巻第三号

一九三九（昭和一四）年三月号

岩崎　栄
乾　信一郎
伊馬　鵜平
伊藤　基彦
原　圭二
丹羽　文雄
早川　清
遠藤　慎吾
戸川　貞雄
戸川　静子
岡戸　武平
奥村　五十嵐
綿谷　雪
（戸伏　太兵）
海音寺潮五郎
片岡　貢
鹿島　孝二
神島　英男
筧　五十三
百々木　渡也
（戸伏　太兵）
横関　五郎
高橋　鉄
高木　哲
玉川　一郎
土屋　光司
鯱　城一郎
中沢　至夫
永見　隆二
南沢　十七
蘭　郁二郎
村上　啓夫
村雨　退二郎
黒沼　健
久路　徹
山田　克郎
松崎　与志人
升金　種史
浅野　武男
笹本　寅
北町　一郎
菊田　一夫
三木　蒐一
三好　好雄

光石　介太郎
志摩　達夫

第一巻第四号

一九三九（昭和一四）年四月号

岩崎　栄
乾　信一郎
伊馬　鵜平
伊藤　基彦
原　圭二
丹羽　文雄
早川　清
遠藤　慎吾
戸川　貞雄
戸川　静子
岡戸　武平
百々木　渡也（戸伏　太兵）
奥村　五十嵐
綿谷　雪（戸伏　太兵）
海音寺潮五郎
片岡　貢
鹿島　孝二
神島　英男
筧　五十三
横関　五郎
高橋　鉄
高木　哲
玉川　一郎
土屋　光司
鯱　城一郎
中沢　巠夫
永見　隆二
南沢　十七
蘭　郁二郎
村上　啓夫
村雨　退二郎
黒沼　健
久路　徹
山田　克郎
松崎　与志人
升金　種史
浅野　武男
笹本　寅
百々木　渡也
北町　一郎
菊田　一夫
三木　蒐一
三木　季雄
三好　好雄
光石　介太郎
志摩　達夫

第一巻第五号

一九三九（昭和一四）年五月号

岩崎　栄
乾　信一郎
伊馬　鵜平
伊藤　基彦
原　圭二
丹羽　文雄
早川　清
遠藤　慎吾
戸川　貞雄
戸川　静子
岡戸　武平
小野田　昿
百々木　渡也（戸伏　太兵）
奥村　五十嵐
海音寺潮五郎
片岡　貢
鹿島　孝二
神島　英夫
筧　五十三
横関　五郎
高橋　鉄
高木　哲
玉川　一郎
土屋　光司
鯱　城一郎
中沢　巠夫
永見　隆二
南沢　十七
蘭　郁二郎
村上　啓夫
村雨　退二郎
黒沼　健
久路　徹
山田　克郎
松崎　与志人
升金　種史
浅野　武男
笹本　寅
佐々木能理男
斉藤　豊吉
北町　一郎
菊田　一夫
三木　蒐一
三木　季雄
三好　好雄
光石　介太郎
志摩　達夫
東野村　章

第一巻第六号

一九三九（昭和一四）年六月号

岩崎　栄
乾　信一郎
伊馬　鵜平
伊藤　基彦
原　圭二
丹羽　文雄
早川　清
遠藤　慎吾
戸川　貞雄
戸川　静子
東野村　章
岡戸　武平
小野田　眃
百々木　渡也
（戸伏　太兵）
奥村　五十嵐
海音寺潮五郎
片岡　貢
鹿島　孝二
神島　英夫
筧　五十三
横関　五郎
高橋　鉄
高木　哲
玉川　一郎
土屋　光司
鯱　城一郎
中沢　至夫
永見　隆二
南沢　十七
蘭　郁二郎
村上　啓夫
村雨　退二郎
黒沼　健
久路　徹
山田　克郎
松崎　与志人
升金　種史
松本　太郎
小山　鱈吉
浅野　武男
笹本　寅
斉藤　豊吉
北町　一郎
菊田　一夫
三木　蒐一
三好　好雄
光石　介太郎
瀬木　二郎
志摩　達夫

第一巻第七号

一九三九（昭和一四）年七月号

岩崎　栄
乾　信一郎
伊馬　鵜平
伊藤　基彦
原　圭二
丹羽　文雄
早川　清
遠藤　慎吾
戸川　貞雄
戸川　静子
東野村　章
岡戸　武平
岡本　京三
小野田　眃
百々木　渡也
（戸伏　太兵）
奥村　五十嵐
久米　徹
海音寺潮五郎
片岡　貢
鹿島　孝二
神島　英夫
高円寺　文雄
筧　五十三
高橋　鉄
高木　哲
玉川　一郎
土屋　光司
鯱　城一郎
中沢　至夫
永見　隆二
南沢　十七
蘭　郁二郎
村上　啓夫
村雨　退二郎
黒沼　健
久路　徹
山田　克郎
松崎　与志人
升金　種史
松本　太郎
小山　鱈吉
笹本　寅
浅野　武男
斉藤　豊吉
北町　一郎
菊田　一夫
三木　蒐一
三好　季雄
光石　介太郎
瀬木　二郎
志摩　達夫

第一巻第九号

一九三九（昭和一四）年九月号

岩崎　栄
乾　信一郎
伊馬　鵜平
伊藤　基彦
原　圭二
丹羽　文雄
早川　清
遠藤　慎吾
戸川　貞雄
戸川　静子
東野村　章
岡戸　武平
岡本　京三
小野田　眩
百々木　渡也
（戸伏　太兵）
奥村　五十嵐
久米　徹
海音寺潮五郎
片岡　貢
鹿島　孝二
神島　英夫
高円寺　文雄
筧　五十三
高橋　鉄
高木　哲
玉川　一郎
土屋　光司
鯱　城一郎
中沢　巠夫
永見　隆二
南沢　十七
蘭　郁二郎
村上　啓夫
村雨　退二郎
黒沼　健
久路　徹
山田　克郎
松崎　与志人
升金　種史
松本　太郎
小山　鱈吉
浅野　武男
笹本　寅
斉藤　豊吉
北町　一郎
菊田　一夫
三木　蒐一
三好　季雄
瀬木　二郎
志摩　達夫

第一巻第一〇号

一九三九（昭和一四）年一〇月号

岩崎　栄
乾　信一郎
伊馬　鵜平
伊藤　基彦
石田　和郎
原　圭二
丹羽　文雄
早川　清
遠藤　慎吾
戸川　貞雄
戸川　静子
東野村　章
樺山　楠夫
土岐　愛作
岡戸　武平
岡本　京三
百々木　渡也
（戸伏　太兵）
奥村　五十嵐
久米　徹
海音寺潮五郎
片岡　貢
鹿島　孝二
神島　英夫
高円寺　文雄
筧　五十三
高橋　鉄
高木　哲
玉川　一郎
土屋　光司
鯱　城一郎
中沢　巠夫
永見　隆二
南沢　十七
蘭　郁二郎
村上　啓夫
村雨　退二郎
黒沼　健
久路　徹
山田　克郎
松崎　与志人
升金　種史
松本　太郎
小山　鱈吉
浅野　武男
笹本　寅
斉藤　豊吉
北町　一郎
菊田　一夫
由布川　祝
三木　蒐一
三好　季雄

三好　信義　志摩　達夫
瀬木　二郎　隅田　久尾

第一巻第一一号

一九三九（昭和一四）年一一月号

岩崎　栄　岡戸　武平
乾　信一郎　岡本　京三
伊馬　鵜平　百々木　渡也
伊藤　基彦　（戸伏　太兵）
石田　和郎　奥村　五十嵐
原　圭二　久米　徹
丹羽　文雄　海音寺潮五郎
早川　清　片岡　貢
遠藤　慎吾　鹿島　孝二
戸川　貞雄　高円寺　文雄
戸川　静子　筧　五十三
東野村　章　高橋　鉄
樺山　楠夫　高木　哲
土岐　愛作　玉川　一郎
土屋　光司　松本　太郎
鯱　城一郎　小山　鱈吉
中沢　至夫　浅野　武男
永見　隆二　笹本　寅
南沢　十七　斉藤　豊吉
蘭　郁二郎　北町　一郎
村上　啓夫　菊田　一夫
村雨　退二郎　由布川　祝
黒沼　健　三木　蒐一
久路　徹　三好　季雄
山田　克郎　三好　信義
松崎　与志人　瀬木　二郎
松浦　泉三郎　志摩　達夫
升金　種史　隅田　久尾

第一巻第一二号

一九三九（昭和一四）年一二月号

岩崎　栄　伊馬　鵜平
乾　信一郎　伊藤　基彦

石田　和郎
原　圭二
早川　清
丹羽　文雄
戸川　貞雄
戸川　静子
東野村　章
土岐　愛作
岡戸　武平
岡本　京三
奥村　五十嵐
海音寺潮五郎
樺山　楠夫
片岡　貢
高円寺　文雄
筧　五十三
鹿島　孝二
高橋　鉄
高木　哲
百々木　渡也
（戸伏　太兵）

田塚　圭二
玉川　一郎
土屋　光司
中沢　至夫
永見　隆二
蘭　郁二郎
村上　啓夫
村雨　退二郎
野母崎　正
黒沼　健
久路　徹
久米　徹
山田　克郎
松崎　与志人
松浦　泉三郎
松本　太郎
升金　種史
遠藤　慎吾
浅野　武男
斉藤　豊吉

笹本　寅　　南沢　十七
北町　一郎　　三木　蒐一
菊田　一夫　　志摩　達夫
由布川　祝　　鯱　城一郎
三好　信義　　瀬木　二郎
三好　季雄　　隅田　久尾

第二巻第一号

一九四〇（昭和一五）年一月号

岩崎　栄　　土岐　愛作
乾　信一郎　　戸伏　太兵
伊藤　基彦　　岡戸　武平
石田　和郎　　岡本　京三
原　圭二　　奥村　五十嵐
早川　清　　海音寺潮五郎
丹羽　文雄　　樺山　楠夫
戸川　貞雄　　片岡　貢
戸川　静子　　高円寺　文雄
東野村　章　　筧　五十三
鹿島　孝二　　松浦　泉三郎
高橋　鉄　　松本　太郎
高木　哲　　升金　種史
田塚　圭二　　浅野　武男
土屋　光司　　斉藤　豊吉
中沢　至夫　　笹本　寅
永見　隆二　　北町　一郎
蘭　郁二郎　　菊田　一夫
村上　啓夫　　由布川　祝
村雨　退二郎　　三好　信義
野母崎　正　　三好　季雄
黒沼　健　　南沢　十七
久路　徹　　三木　蒐一
久米　徹　　志摩　達夫
山田　克郎　　鯱　城一郎
耶止　説夫　　瀬木　二郎
松崎　与志人　　隅田　久尾

第二巻第二号

一九四〇（昭和一五）年二月号

岩崎　栄　　高橋　鉄
石田　和郎　　土屋　光司
原　圭二　　中沢　至夫
戸川　貞雄　　永見　隆二
戸川　静子　　南沢　十七
東野村　章　　蘭　郁二郎
土岐　愛作　　村上　啓夫
岡戸　武平　　村雨　退二郎
戸伏　太平　　野母崎　正
岡本　京三　　黒沼　健
海音寺潮五郎　　久路　徹
樺山　楠夫　　久米　徹
片岡　貢　　山田　克郎
高円寺　文雄　　耶止　説夫
筧　五十三　　松浦　泉三郎
鹿島　孝二　　松本　太郎

升金　種史
浅野　武男
斉藤　豊吉
北町　一郎
菊田　一夫
由布川　祝
三好　信義
三好　季雄
三木　蒐一
志摩　達夫
鯱　城一郎
瀬木　二郎
隅田　久尾

第二巻第三号

一九四〇（昭和一五）年三月号

岩崎　栄
石田　和郎
飯田　美稲
原　圭二
戸川　貞雄
戸川　静子
東野村　章
土岐　愛作
戸伏　太兵
岡戸　武平
岡本　京三
大屋　典一
海音寺潮五郎
樺山　楠夫
片岡　貢
高円寺　文雄
鹿島　孝二
高橋　鉄
土屋　光司
中沢　至夫
蘭　郁二郎
村上　啓夫
村雨　退二郎
野母崎　正
黒沼　健
久路　徹
久米　徹
山田　克郎
耶止　説夫
松浦　泉三郎
松本　太郎
升金　種史
浅野　武男
斉藤　豊吉
北町　一郎
菊田　一夫
由布川　祝
三好　信義
三好　季雄
南沢　十七
三木　蒐一
鯱　城一郎
瀬木　二郎
隅田　久尾

第二巻第四号

一九四〇（昭和一五）年四月号

岩崎　栄
石田　和郎
飯田　美稲
原　圭二
戸川　静子
東野村　章
土岐　愛作
戸伏　太兵
岡戸　武平
岡本　京三
大屋　典一
海音寺潮五郎
樺山　楠夫
片岡　貢
高円寺　文雄
鹿島　孝二
高橋　鉄
土屋　光司
中沢　至夫
蘭　郁二郎
村上　啓夫
村雨　退二郎
村松　駿吉
野母崎　正
黒沼　健
久路　徹
久米　徹
山田　克郎
耶止　説夫
松浦　泉三郎
松本　太郎
升金　種史
浅野　武男
斉藤　豊吉
北町　一郎
菊田　一夫
由布川　祝
三好　信義
三好　季雄
南沢　十七
三木　蒐一
鯱　城一郎
瀬木　二郎
隅田　久尾

第二巻第五号

一九四〇（昭和一五）年五月号

岩崎　栄
石田　和郎
飯田　美稲
原　圭二
星川　周太郎
戸川　静子
東野村　章
土岐　愛作
戸伏　太兵
岡戸　武平
岡本　京三
大屋　典一
海音寺潮五郎
川端　克二
樺山　楠夫
片岡　貢
高円寺　文雄
鹿島　孝二
高橋　鉄
土屋　光司
中沢　至夫
蘭　郁二郎
村上　啓夫
村雨　退二郎
村松　駿吉
野母崎　正
黒沼　健
久路　徹
久米　徹
山田　克郎
耶止　説夫
松浦　泉三郎
松本　太郎
升金　種史
浅野　武男
斉藤　豊吉
北町　一郎
菊田　一夫
由布川　祝
緑川　玄三
三好　季雄
南沢　十七
三木　蒐一
志水　雅子
鯱　城一郎
瀬木　二郎
隅田　久尾

第二巻第六号

一九四〇（昭和一五）年六月号

岩崎　栄
石田　和郎
飯田　美稲
原　圭二
星川　周太郎
戸川　静子
東野村　章
土岐　愛作
戸伏　太兵
岡戸　武平
岡本　京三
大屋　典一
海音寺潮五郎
川端　克二
樺山　楠夫
片岡　貢
高円　寺文雄
鹿島　孝二
高橋　鉄
土屋　光司
中沢　至夫
蘭　郁二郎
村雨　退二郎
村松　駿吉
野母崎　正
黒沼　健
久路　徹
久米　徹
山田　克郎
耶止　説夫
松浦　泉三郎
松本　太郎
升金　種史
浅野　武男
斉藤　豊吉
北町　一郎
菊田　一夫
由布川　祝
緑川　玄三
三好　季雄
南沢　十七
三木　蒐一
志水　雅子
鯱　城一郎
沢田　貞雄
瀬木　二郎

第二巻第七号

一九四〇（昭和一五）年七月号

岩崎　栄　　高円寺　文雄
石田　和郎　　鹿島　孝二
飯田　美稲　　高橋　鉄
原　圭二　　土屋　光司
星川　周太郎　　中沢　至夫
戸川　静子　　蘭　郁二郎
東野村　章　　村雨　退二郎
土岐　愛作　　村松　駿吉
戸伏　太兵　　野母崎　正
岡戸　武平　　黒沼　健
岡本　京三　　久路　徹
大屋　典一　　久米　徹
海音寺潮五郎　　山田　克郎
川端　克二　　松浦　泉三郎
樺山　楠夫　　松本　太郎
片岡　貢　　升金　種史
浅野　武男　　南沢　十七
斉藤　豊吉　　三木　蒐一
北町　一郎　　志水　雅子
菊田　一夫　　鯱　城一郎
由布川　祝　　沢田　貞雄
緑川　玄三　　瀬木　二郎
三好　季雄

第二巻第八号

一九四〇（昭和一五）年八月号

岩崎　栄　　岡戸　武平
石田　和郎　　岡本　京三
飯田　美稲　　大屋　典一
原　圭二　　海音寺潮五郎
星川　周太郎　　川端　克二
戸川　静子　　樺山　楠夫
東野村　章　　片岡　貢
土岐　愛作　　高円寺　文雄
戸伏　太兵　　鹿島　孝二
高橋　鉄　　浅野　武男
土屋　光司　　斉藤　豊吉
中沢　至夫　　沢田　貞雄
蘭　郁二郎　　北町　一郎
村雨　退二郎　　菊田　一夫
村松　駿吉　　由布川　祝
野母崎　正　　緑川　玄三
黒沼　健　　三好　季雄
久路　徹　　南沢　十七
久米　徹　　三木　蒐一
山田　克郎　　清水　津十無
松浦　泉三郎　　志水　雅子
松本　太郎　　鯱　城一郎
升金　種史　　瀬木　二郎

第二巻第九号

一九四〇（昭和一五）年九月号

岩崎　栄　　飯田　美稲
石田　和郎　　原　圭二

星川　周太郎
戸川　静子
東野村　章
土岐　愛作
戸伏　太兵
岡戸　武平
岡本　京三
大屋　典一
海音寺潮五郎
川端　克二
樺山　楠夫
片岡　貢
鹿島　孝二
土屋　光司
中沢　坙夫
蘭　郁二郎
村雨　退二郎
村松　駿吉
野母崎　正
黒沼　健
久路　徹
久米　徹
山田　克郎
松本　太郎
松浦　泉三郎
升金　種史
浅野　武男
斉藤　豊吉
沢田　貞雄
北町　一郎
菊田　一夫
由布川　祝
緑川　玄三
三好　季雄
南沢　十七
三木　蒐一
清水　津十無
志水　雅子
鯱　城一郎
瀬木　二郎

第二巻第一〇号

一九四〇（昭和一五）年一〇月号

岩崎　栄
石田　和郎
飯田　美稲
原　圭二
星川　周太郎
戸川　静子
東野村　章
土岐　愛作
戸伏　太兵
岡戸　武平
岡本　京三
大屋　典一
海音寺潮五郎
川端　克二
樺山　楠夫
片岡　貢
鹿島　孝二
土屋　光司
土屋　英磨
中沢　坙夫
蘭　郁二郎
村雨　退二郎
村松　駿吉
野母崎　正
黒沼　健
久路　徹
久米　徹
山田　克郎
松本　太郎
松浦　泉三郎
升金　種史
浅野　武男
斉藤　豊吉
沢田　貞雄
北町　一郎
菊田　一夫
由布川　祝
三好　季雄
南沢　十七
清水　津十無
志水　雅子
鯱　城一郎
瀬木　二郎

第二巻第一一号

一九四〇（昭和一五）年一一月号

岩崎　栄
石田　和郎
飯田　美稲
石井　哲夫
星川　周太郎
戸川　静子
東野村　章
土岐　愛作
戸伏　太兵
岡戸　武平
岡本　京三
海音寺潮五郎
川端　克二
樺山　楠夫
片岡　貢
鹿島　孝二
大慈　宗一郎
土屋　光司
土屋　英磨
中沢　坙夫

蘭　郁二郎　　佐野　孝
村雨　退二郎　　五百蔵　豊
村松　駿吉　　北町　一郎
野母崎　正　　気賀　由利子
黒沼　健　　菊田　一夫
久路　徹　　由布川　祝
久米　徹　　緑川　玄三
山田　克郎　　三好　季雄
松本　太郎　　南沢　十七
松浦　泉三郎　　清水　津十無
升金　種史　　志水　雅子
浅野　武男　　鯱　城一郎
斉藤　豊吉　　瀬木　二郎
佐藤　利雄

第二巻第一二号

一九四〇（昭和一五）年一二月号

岩崎　栄　　石田　和郎
石狩　三平　　飯田　美稲
石井　哲夫
星川　周太郎
東野村　章
土岐　愛作
戸伏　太兵
大庭　鉄太郎
岡戸　武平
岡本　京三
海音寺潮五郎
川端　克二
樺山　楠夫
片岡　貢
鹿島　孝二
大慈　宗一郎
土屋　光司
土屋　英麿
中沢　坙夫
蘭　郁二郎
村雨　退二郎
村松　駿吉

村正　朱鳥　　佐野　孝
（村　正治）　　五百蔵　豊
野母崎　正　　北町　一郎
黒沼　健　　気賀　由利子
久路　徹　　菊田　一夫
久米　徹　　由布川　祝
山田　克郎　　緑川　玄三
松本　太郎　　三好　季雄
松浦　泉三郎　　南沢　十七
升金　種史　　清水　津十無
浅時　武男　　志水　雅子
斉藤　豊吉　　鯱　城一郎
佐藤　利雄　　瀬木　二郎

第三巻第一号

一九四一（昭和一六）年一月号

岩崎　栄　　石田　和夫
石井　哲夫　　飯田　美稲
石狩　三平　　星川　周太郎
東野村　章
土岐　愛作
戸伏　太兵
大庭　鉄太郎
岡戸　武平
岡本　京三
海音寺潮五郎
川端　克二
樺山　楠夫
片岡　貢
鹿島　孝二
大慈　宗一郎
田中　三郎
土屋　光司
土屋　英磨
中沢　坙夫
蘭　郁二郎
村雨　退二郎
村松　駿吉
村正　朱鳥
（村　正治）

野母崎　正　　北町　一郎
黒沼　健　　気賀　由利子
久路　徹　　菊田　一夫
久米　徹　　由布川　祝
山田　克郎　　緑川　玄三
松本　太郎　　三好　季雄
松浦　泉三郎　　南沢　十七
升金　種史　　従二　一郎
浅野　武男　　清水　津十無
斉藤　豊吉　　志水　雅子
佐藤　利雄　　鯱　城一郎
佐野　孝　　瀬木　二郎
五百蔵　豊

第三巻第二号

一九四一（昭和一六）年二月号

岩崎　栄　　石田　和郎
石井　哲夫　　飯田　美稲
石狩　三平　　星川　周太郎

東野村　章
土岐　愛作
戸伏　太兵
大庭　鉄太郎
岡戸　武平
岡本　京三
海音寺潮五郎
川端　克二
樺山　楠夫
片岡　貢
鹿島　孝二
大慈　宗一郎
田中　三郎
土屋　光司
土屋　英磨
中沢　至夫
蘭　郁二郎
村雨　退二郎
村松　駿吉
村正　朱鳥
（村　正治）

野母崎　正　　北町　一郎
黒沼　健　　気賀　由利子
久路　徹　　菊田　一夫
久米　徹　　由布川　祝
山田　克郎　　緑川　玄三
松本　太郎　　三好　季雄
松浦　泉三郎　　南沢　十七
浅野　武男　　従二　一郎
安藤　伸　　清水　津十無
斉藤　豊吉　　志水　雅子
佐藤　利雄　　鯱　城一郎
佐野　孝　　瀬木　二郎
五百蔵　豊

第三巻第三号

一九四一（昭和一六）年三月号

岩崎　栄　　石狩　三平
五百蔵　豊　　石田　和郎
石井　哲夫　　飯田　美稲

東野村　章
土岐　愛作
戸伏　太兵
布上　壮衛
大隈　三好
岡戸　武平
海音寺潮五郎
川端　克二
樺山　楠夫
片岡　貢
鹿島　孝二
大慈　宗一郎
田中　幾太郎
土屋　光司
土屋　英磨
中沢　至夫
蘭　郁二郎
村雨　退二郎
村松　駿吉
村正　朱鳥
（村　正治）

野母崎　正　北町　一郎
黒沼　健　気賀　由利子
久路　徹　菊田　一夫
久米　徹　由布川　祝
山田　克郎　緑川　玄三
山崎　公雄　三好　季雄
松本　太郎　南沢　十七
松浦　泉三郎　従二　一郎
浅野　武男　清水　津十無
安藤　伸　志水　雅子
斉藤　豊吉　鯱　城一郎
佐藤　利雄　瀬木　二郎
佐野　孝

第三巻第四号

一九四一（昭和一六）年四月号

岩崎　栄　石狩　三平
五百蔵　豊　石田　和郎
石井　哲夫　飯田　美稲
東野村　章
土岐　愛作
戸伏　太兵
布上　荘衛
大隈　三好
岡戸　武平
海音寺潮五郎
川端　克二
樺山　楠夫
片岡　貢
鹿島　孝二
大慈　宗一郎
田中　幾太郎
土屋　光司
土屋　英磨
中沢　至夫
蘭　郁二郎
村雨　退二郎
村松　駿吉
村正　朱鳥
（村　正治）

野母崎　正　佐野　孝
黒沼　健　北町　一郎
久路　徹　気賀　由利子
久米　徹　菊田　一夫
山田　克郎　由布川　祝
山崎　公夫　緑川　玄三
松本　太郎　南沢　十七
松浦　泉三郎　従二　一郎
浅野　武男　清水　津十無
安藤　伸　志水　雅子
斉藤　豊吉　鯱　城一郎
佐藤　利雄　瀬木　二郎

第三巻第六号

一九四一（昭和一六）年六月号

岩崎　栄　石田　和郎
五百蔵　豊　飯田　美稲
石井　哲夫　東野村　章
石狩　三平　土岐　愛作
戸伏　太兵
布上　荘衛
大隅　三好
岡戸　武平
海音寺潮五郎
川端　克二
樺山　楠夫
片岡　貢
鹿島　孝二
大慈　宗一郎
田中　幾太郎
土屋　光司
土屋　英磨
中沢　至夫
蘭　郁二郎
村雨　退二郎
村松　駿吉
村正　朱鳥
（村　正治）
野母崎　正

黒沼　健
久路　徹
久米　徹
山田　克郎
山崎　公夫
松本　太郎
松浦　泉三郎
浅野　武男
安藤　信
斉藤　豊吉
佐藤　利雄
佐野　孝
北町　一郎
菊田　一夫
由布川　祝
緑川　玄三
南沢　十七
従二　一郎
清水　津十無
志水　雅子
鯱　城一郎
瀬木　二郎

第三巻第一〇号

一九四一（昭和一六）年一一月号

岩崎　栄
五百蔵　豊
石井　哲夫
伊志田　和郎
飯田　美稲
東野村　章
土岐　愛作
戸伏　太兵
大隅　三好
岡戸　武平
海音寺潮五郎
川端　克二
樺山　楠夫
片岡　貢
鹿島　孝二
大慈　宗一郎
田中　幾太郎
土屋　光司
土屋　英磨
中沢　至夫
蘭　郁二郎
村雨　退二郎
村松　駿吉
村正　朱鳥
（村　正治）
野母崎　正
黒沼　健
久路　徹
久米　徹
山田　克郎
山崎　公夫
松本　太郎
松浦　泉三郎
浅野　武男
安藤　信
斉藤　豊吉
佐藤　利雄
佐野　孝
北町　一郎
由布川　祝
緑川　玄三
南沢　十七
従二　一郎
清水　津十無
志水　雅子
鯱　城一郎
瀬木　二郎

第三巻第一一号

一九四一（昭和一六）年一二月号

岩崎　栄
石井　哲夫
伊志田　和郎
飯田　美稲
東野村　章
土岐　愛作
戸伏　太兵
大隅　三好
岡戸　武平
海音寺潮五郎
川端　克二
樺山　楠夫
片岡　貢
鹿島　孝二
大慈　宗一郎
田中　幾太郎
土屋　光司
土屋　英磨
中沢　至夫
蘭　郁二郎
村雨　退二郎
村松　駿吉
村正　朱鳥
（村　正治）
野母崎　正
黒沼　健
久路　徹
久米　徹
山田　克郎
山崎　公夫
松本　太郎
松浦　泉三郎

浅野　武男
安藤　信
斉藤　豊吉
佐藤　利雄
佐野　孝
北町　一郎
由布川　祝
緑川　玄三
南沢　十七
従二　一郎
清水　津十無
志水　雅子
鯱　城一郎
瀬木　二郎

第四巻第一号

一九四二（昭和一七）年一月号

岩崎　栄
石井　哲夫
伊志田　和郎
（石田　和郎）
飯田　美稲
東野村　章
土岐　愛作
戸伏　太兵
大隈　三好
岡戸　武平
海音寺潮五郎
川端　克二
樺山　楠夫
片岡　貢
鹿島　孝二
大慈　宗一郎
田中　幾太郎
土屋　光司
土屋　英磨
中沢　坙夫
蘭　郁二郎
村雨　退二郎
村松　駿吉
村　正治
野母崎　正
黒沼　健
久路　徹
久米　徹
山田　克郎
山崎　公夫
松本　太郎
松浦　泉三郎
浅野　武男
安藤　信
斉藤　豊吉
佐藤　利雄
佐野　孝
北町　一郎
由布川　祝
緑川　玄三
南沢　十七
従二　一郎
清水　津十無
志水　雅子
鯱　城一郎
瀬木　二郎

第四巻第三号

一九四二（昭和一七）年三月号

岩崎　栄
石井　哲夫
伊志田　和郎
（石田　和郎）
飯田　美稲
東野村　章
土岐　愛作
戸伏　太兵
大隈　三好
岡戸　武平
海音寺潮五郎
川端　克二
樺山　楠夫
片岡　貢
鹿島　孝二
大慈　宗一郎
田中　幾太郎
土屋　光司
中沢　坙夫
蘭　郁二郎
村雨　退二郎
村松　駿吉
村　正治
野母崎　正
黒沼　健
久路　徹
久米　徹
山田　克郎
山崎　公夫
松本　太郎
松浦　泉三郎
浅野　武男
安藤　信
斉藤　豊吉
佐藤　利雄
佐野　孝
北町　一郎
由布川　祝
緑川　玄三
南沢　十七
従二　一郎
清水　津十無
志水　雅子
鯱　城一郎

瀬木　二郎

第四巻第四号

一九四二（昭和一七）年四月号

岩崎　栄
石井　哲夫
伊志田　和郎
（石田　和郎）
飯田　美稲
東野村　章
土岐　愛作
戸伏　太兵
大隈　三好
岡戸　武平
海音寺潮五郎
川端　克二
樺山　楠夫
鹿島　孝二
大慈　宗一郎
田中　幾太郎
土屋　光司
中沢　巠夫
蘭　郁二郎
村雨　退二郎
村松　駿吉
村　正治
野母崎　正
黒沼　健
久路　徹
久米　徹
山田　克郎
山崎　公夫
松本　太郎
浅野　武男
安藤　信
斉藤　豊吉
佐藤　利雄
佐野　孝
北町　一郎
由布川　祝
緑川　玄三
南沢　十七
従二　一郎
清水　津十無
志水　雅子
鯱　城一郎
瀬木　二郎

第四巻第五号

一九四二（昭和一七）年五月号

岩崎　栄
石井　哲夫
伊志田　和郎
飯田　美稲
東野村　章
土岐　愛作
戸伏　太兵
大隈　三好
岡戸　武平
海音寺潮五郎
樺山　楠夫
鹿島　孝二
大慈　宗一郎
田中　幾太郎
土屋　光司
中沢　巠夫
蘭　郁二郎
村雨　退二郎
村松　駿吉
村　正治
野母崎　正
黒沼　健
久路　徹
久米　徹
山田　克郎
山崎　公夫
松本　太郎
浅野　武男
安藤　信
斉藤　豊吉
佐藤　利雄
佐野　孝
北町　一郎
由布川　祝
緑川　玄三
南沢　十七
従二　一郎
清水　津十無
志水　雅子
鯱　城一郎
瀬木　二郎

第四巻第六号

一九四二（昭和一七）年六月号

岩崎　栄
石井　哲夫
伊志田　和郎
（石田　和郎）
飯田　美稲
東野村　章
戸伏　太兵
大隈　三好

岡戸　武平　　山田　克郎
海音寺潮五郎　　松本　太郎
樺山　楠夫　　浅野　武男
鹿島　孝二　　安藤　信
大慈　宗一郎　　斉藤　豊吉
田中　幾太郎　　佐藤　利雄
土屋　光司　　佐野　孝
中沢　巠夫　　北町　一郎
蘭　郁二郎　　由布川　祝
村雨　退二郎　　緑川　玄三
村松　駿吉　　従二　一郎
村　正治　　鯱　城一郎
黒沼　健　　瀬木　二郎
久米　徹

第四巻第八号

一九四二（昭和一七）年八月号

岩崎　栄　　伊志田　和郎
石井　哲夫　　（石田　和郎）
飯田　美稲　　村　正治
東野村　章　　黒沼　健
戸伏　太兵　　久米　徹
大隈　三好　　山田　克郎
岡戸　武平　　松本　太郎
海音寺潮五郎　　浅野　武男
樺山　楠夫　　安藤　信
鹿島　孝二　　佐藤　利雄
大慈　宗一郎　　佐野　孝
田中　幾太郎　　北町　一郎
土屋　光司　　由布川　祝
中沢　巠夫　　緑川　玄三
蘭　郁二郎　　従二　一郎
村雨　退二郎　　鯱　城一郎
村松　駿吉　　瀬木　二郎

第四巻第九号

一九四二（昭和一七）年九月号

岩崎　栄　　石井　哲夫
伊志田　和郎　　村　正治
（石田　和郎）　　野母崎　正
飯田　美稲　　黒沼　健
東野村　章　　久米　徹
戸伏　太兵　　山田　克郎
大隈　三好　　松本　太郎
岡戸　武平　　浅野　武男
海音寺潮五郎　　安藤　信
樺山　楠夫　　佐藤　利雄
鹿島　孝二　　佐野　孝
大慈　宗一郎　　北町　一郎
田中　幾太郎　　由布川　祝
土屋　光司　　緑川　玄三
中沢　巠夫　　従二　一郎
蘭　郁二郎　　鯱　城一郎
村雨　退二郎　　瀬木　二郎
村松　駿吉

著者紹介

三上　聡太（みかみ・そうた）
一九八三年生まれ。同志社大学助教。
主な編著書等
『「外地」日本語文学研究論集』（編著、「外地」日本語文学研究会、二〇一九年）、『続・「外地」日本語文学研究論集』（編著、「外地」日本語文学研究会、二〇二二年）、『〈外地〉日本語文学への射程』（共著、池内輝雄・木村一信ほか編、双文社、二〇一四年）、『季刊　映画研究』（共著、冨田美香監修、ゆまに書房、二〇二三年）ほか。

文學建設　解説・総目次・同人一覧・執筆者索引

著者　三上　聡太
2025年1月25日　初版第一刷　発行
定価2、200円
（本体2、000円＋税10％）

発行者　船橋竜祐
発行所　不二出版　株式会社
〒112-0005
東京都文京区水道2-10-10
電　話　03（5981）6704
FAX　03（5981）6705
https://www.fujishuppan.co.jp
郵便振替　00160・2・94084

組版・印刷・製本／昴印刷
乱丁・落丁はお取り替えいたします。

ISBN 978-4-8350-8772-6　C3391
©MIKAMI Sota 2025 Printed in Japan

Ⅳ　執筆者索引

『文學建設』執筆者索引・凡例

一、本索引は『文學建設』第１巻第１号（1939〔昭和14〕年１月）〜第５巻第９号（1943〔昭和18〕年11月）全56冊より作成した。

一、本索引は、執筆者名を五十音順に並べ、巻数（号数）-頁数として記載した。

一、同一人物と思われる場合、執筆者名（筆名）として記載した。

一、執筆者名の読みかたが確定できない場合、一般的な読みかたをあてた。

『文學建設』執筆者索引

【あ】

浅野武男　1(1)-17, 1(1)-24, 1(2)-8, 1(3)-3, 1(3)-51, 1(4)-10, 1(4)-56, 1(6)-8, 1(7)-6, 1(7)-68, 1(8)-8, 1(11)-35, 2(3)-57, 2(4)-55, 2(5)-58, 2(6)-72, 2(7)-2, 2(8)-68, 2(9)-60, 2(10)-62, 2(12)-56, 3(6)-48, 3(10)-36, 4(6)-47, 4(11)-33, 5(5)-16

安藤信　5(9)-19

【い】

飯田美稲(美稲)　2(3)-81, 2(7)-49, 2(8)-37, 2(9)-62, 2(11)-11, 3(1)-67, 3(2)-51, 3(3)-63, 3(4)-45, 3(5)-59, 3(7)-37, 3(7)-59, 3(8)-79, 3(9)-19, 4(6)-20, 4(9)-20

五百蔵豊　2(9)-71, 2(12)-62, 2(12)-68, 3(2)-53, 3(3)-78, 3(5)-60, 3(8)-56

石井哲夫　3(1)-70, 3(6)-17, 3(9)-20, 4(2)-16

石狩三平　3(1)-68, 3(3)-43

石田和郎(伊志田和郎)　1(11)-7, 1(12)-54, 2(1)-115, 2(5)-43, 2(6)-38, 2(7)-53, 2(9)-76, 2(12)-61, 3(2)-56, 3(3)-49, 3(3)-76, 3(9)-11, 4(2)-21, 4(5)-28

伊丹居　3(11)-43

一読者　2(1)-102

伊藤基彦　1(9)-1

乾信一郎　1(1)-16, 1(2)-10, 1(3)-7, 1(4)-10, 1(5)-6, 1(7)-15, 1(7)-42, 1(9)-8, 1(9)-61, 1(11)-36

井伏鱒二　5(6)-30

伊馬鵜平　1(1)-16, 1(2)-2, 1(2)-39, 1(3)-2, 1(4)-11, 1(5)-6, 1(6)-11, 1(7)-42, 1(7)-66, 1(8)-1, 1(8)-17, 1(9)-60, 1(10)-62, 1(11)-36

今井達夫　4(8)-19, 5(6)-42

岩倉政治　5(1)-17

岩崎栄　1(7)-2, 1(7)-13, 1(8)-48, 1(9)-61, 1(12)-47, 2(2)-48, 2(2)-62, 2(4)-80, 2(8)-78, 2(9)-35, 2(11)-2, 2(12)-22, 3(1)-64, 3(11)-53, 5(1)-11, 5(2)-55, 5(3)-56, 5(4)-42, 5(5)-6, 5(6)-16, 5(6)-42

【う】

打木村治　3(11)-65, 4(3)-24, 5(1)-15

【え】

F・K　1(9)-20
S・T　1(11)-20
遠藤慎吾　1(1)-16, 1(2)-11, 1(7)-12, 1(9)-60

【お】

逢坂麦酒　1(9)-29
大方荘太郎　1(10)-27, 1(12)-20
大草倭雄　5(4)-50
大隈三好　3(8)-59, 3(11)-65, 4(1)-42, 4(4)-31, 4(7)-48, 5(3)-32
大沢鉦一郎　1(4)-ｶｯﾄ, 3(2)-ｶｯﾄ, 3(3)-ｶｯﾄ
太田雅光　3(2)-ｶｯﾄ, 3(3)-ｶｯﾄ
大庭鉄太郎　2(12)-58
岡戸武平　1(1)-28, 1(2)-3, 1(3)-6, 1(4)-41, 1(5)-7, 1(5)-38, 1(6)-1, 1(6)-12, 1(7)-20, 1(8)-16, 1(8)-48, 1(9)-16, 1(9)-61, 1(10)-10, 1(10)-63, 1(11)-5, 1(11)-36, 1(12)-38, 1(12)-60, 2(1)-99, 2(3)-74, 2(4)-67, 2(7)-49, 2(8)-37, 2(10)-1, 2(11)-11, 2(11)-54, 3(1)-67, 3(1)-44, 3(1)-55, 3(2)-38, 3(2)-51, 3(3)-58, 3(3)-63, 3(4)-45, 3(4)-56, 3(5)-42, 3(6)-89, 3(7)-37, 3(7)-59, 3(8)-79, 3(9)-19, 4(1)-51, 4(3)-6, 4(4)-16, 4(8)-22, 4(8)-26, 5(1)-47, 5(3)-29, 5(4)-36, 5(4)-48, 5(5)-27, 5(5)-45, 5(6)-32
岡本京三　1(8)-9, 1(9)-11, 1(9)-59, 1(10)-13, 1(10)-63, 1(11)-8, 1(11)-36, 1(12)-54, 2(1)-113, 2(3)-36, 2(4)-73, 2(4)-65, 2(5)-66, 2(5)-61, 2(8)-72, 2(12)-58, 2(12)-64
奥村五十嵐　1(1)-18, 1(4)-48, 1(5)-57,1(6)-37, 1(7)-63, 1(8)-48, 1(9)-60
長田幹彦　3(11)-65
落合直　1(1)-表紙
小野田昿　1(5)-6, 1(6)-3, 1(7)-8, 1(7)-52, 1(8)-39, 1(9)-9, 1(9)-59

【か】

海音寺潮五郎(海潮音)　1(1)-8, 1(1)-17, 1(2)-3, 1(2)-19, 1(3)-14, 1(4)-30, 1(4)-80, 1(5)-42, 1(6)-16, 1(6)-71, 1(7)-74, 1(9)-60, 1(10)-32, 1(10)-59, 1(10)-60, 1(10)-76, 1(11)-1, 1(12)-6, 1(12)-23, 1(12)-54, 2(1)-92, 2(2)-1, 2(2)-57, 2(5)-66, 2(6)-49, 2(6)-60, 2(7)-49, 2(7)-57, 2(8)-37, 2(11)-11, 2(11)-27, 2(12)-58, 2(12)-70, 3(1)-55, 3(1)-67, 3(2)-38, 3(2)-51, 3(3)-1, 3(3)-42, 3(3)-58, 3(3)-63, 3(3)-64, 3(4)-45, 3(4)-56, 3(5)-42, 3(6)-76, 3(7)-37, 3(7)-59,

3(8)-79, 3(9)-19, 3(10)-18, 5(5)-34, 5(5)-45, 5(6)-23, 5(6)-42, 5(7)-16, 5(7)-26, 5(8)-12
筧五十三　1(5)-10, 1(8)-36, 1(9)-35
蔭山東光　4(7)-6, 5(7)-13
鹿島孝二　1(1)-17, 1(2)-4, 1(3)-44, 1(5)-85, 1(7)-42, 1(8)-10, 1(9)-58, 1(10)-10, 2(4)-72, 2(5)-1, 2(7)-49, 2(9)-69, 2(10)-4, 2(11)-44, 2(12)-16, 2(12)-48, 3(1)-55, 3(2)-38, 3(3)-58, 3(4)-56, 3(5)-42, 3(5)-64, 3(6)-1, 3(9)-76, 3(11)-64, 4(1)-58, 4(2)-32, 4(6)-23, 4(7)-21, 4(8)-21, 4(12)-12, 4(12)-23, 5(1)-35, 5(2)-51, 5(3)-16, 5(3)-50, 5(5)-43, 5(6)-32
片岡貢(貢)　1(1)-2, 1(1)-17, 1(3)-4, 1(4)-1, 1(4)-34, 1(6)-16, 1(9)-62, 2(7)-49, 2(8)-37, 2(10)-31, 3(1)-67, 3(2)-51, 3(3)-63, 3(7)-37, 3(8)-79
片岡鉄兵　5(6)-42
金子不位　5(5)-19
樺山楠夫　1(10)-17, 1(10)-54, 2(2)-78, 3(11)-44
神島英夫　1(4)-27
神場空行　1(8)-20
河合源太郎　4(11)-13
川口松太郎　1(6)-32
川端克二　2(6)-69, 2(8)-2, 2(9)-79, 2(10)-56, 2(11)-56, 2(12)-58, 3(2)-52, 3(5)-22, 3(10)-2, 4(1)-2, 4(2)-32, 4(3)-16, 4(3)-17, 4(3)-26
皮豹　1(12)-22

【き】

気賀由利子　3(1)-69, 3(4)-34, 3(5)-68
北町一郎　1(1)-17, 1(2)-6, 1(2)-35, 1(5)-3, 1(5)-15, 1(6)-8, 1(8)-10, 1(8)-38, 1(9)-14, 1(9)-44, 1(9)-62, 1(10)-14, 1(10)-61, 1(11)-3, 1(12)-54, 2(1)-112, 2(2)-46, 2(6)-1, 2(6)-47, 2(7)-21, 2(8)-41, 2(8)-60, 2(9)-45, 2(10)-41, 2(10)-59, 2(11)-44, 2(12)-48, 2(12)-58, 3(1)-52, 3(1)-55, 3(2)-38, 3(3)-2, 3(3)-58 3(3)-76, 3(4)-56, 3(5)-1, 3(5)-33, 3(5)-42, 3(6)-84, 3(7)-56, 3(9)-78, 4(12)-2, 5(1)-2, 5(2)-25, 5(3)-38, 5(5)-38, 5(5)-43, 5(6)-42, 5(7)-25, 5(9)-22
北一　5(8)-27
木下大雍　1(1)-扉絵, 2(4)-目次ｶｯﾄ, 2(4)-ｶｯﾄ, 2(5)-ｶｯﾄ, 2(6)-ｶｯﾄ, 2(8)-目次ｶｯﾄ, 2(10)-目次ｶｯﾄ, 2(12)-目次ｶｯﾄ, 3(4)-ｶｯﾄ, 3(5)-ｶｯﾄ, 3(6)-ｶｯﾄ, 3(7)-目次ｶｯﾄ, 3(7)-扉絵, 3(7)-ｶｯﾄ, 3(8)-48, 3(8)-扉絵, 3(8)-ｶｯﾄ, 3(9)-扉絵, 3(10)-扉絵, 3(11)-扉絵, 3(11)-ｶｯﾄ, 4(1)-扉絵, 4(1)-ｶｯﾄ, 4(2)-表紙, 4(2)-ｶｯﾄ, 4(3)-表紙, 4(5)-表紙, 4(6)-表紙, 4(7)-表紙, 4(7)-ｶｯﾄ, 4(9)-表紙, 4(9)-ｶｯﾄ, 4(11)-表紙, 4(11)-ｶｯﾄ
Q　1(10)-29, 2(1)-96

【く】

草間草介　1(12)-10
久路徹　1(8)-34, 1(10)-2, 1(10)-61, 3(1)-2, 3(4)-64
久米徹　1(7)-11, 1(7)-27, 1(8)-8, 1(9)-9, 1(10)-63, 1(10)-66, 1(11)-14, 1(11)-35, 1(11)-39, 2(8)-74, 3(3)-76, 3(11)-65
暮田延美　4(6)-ｶｯﾄ, 4(7)-ｶｯﾄ, 4(9)-ｶｯﾄ, 4(11)-ｶｯﾄ, 5(1)-ｶｯﾄ, 5(2)-ｶｯﾄ, 5(3)-ｶｯﾄ
黒沼健　1(1)-17, 1(3)-3, 1(3)-61, 1(7)-5, 1(9)-61, 1(10)-62, 1(11)-12, 1(11)-35, 1(12)-54

【け】

KO　1(8)-22
見物生　1(11)-22

【こ】

高円寺文雄　1(11)-34
小山鱈吉　1(8)-46, 1(10)-48, 1(10)-64

【さ】

斉藤種臣　1(1)-その他, 2(3)-目次ｶｯﾄ, 3(2)-ｶｯﾄ, 3(3)-目次ｶｯﾄ, 3(4)-目次ｶｯﾄ, 3(8)-ｶｯﾄ, 5(1)-表紙, 5(1)-目次ｶｯﾄ, 5(2)-表紙, 5(2)-目次ｶｯﾄ, 5(3)-目次ｶｯﾄ, 5(3)-表紙, 5(4)-表紙, 5(4)-目次ｶｯﾄ, 5(5)-表紙, 5(5)-目次ｶｯﾄ, 5(6)-表紙, 5(6)-目次ｶｯﾄ
斉藤豊吉　1(9)-59, 1(10)-61, 1(11)-36, 2(2)-11, 3(1)-28, 3(3)-76, 3(11)-2
佐々木能理男　1(4)-3, 1(4)-55
笹本寅　1(1)-16, 1(2)-5, 1(2)-34, 1(3)-26, 1(4)-6, 1(6)-2, 1(6)-32, 1(7)-8, 1(9)-12, 1(9)-37, 1(9)-60, 1(9)-64, 1(10)-16, 1(10)-60, 1(12)-42, 1(12)-54, 2(1)-89
佐藤利雄　3(1)-68, 4(3)-20, 4(8)-29
佐野孝　2(1)-104, 3(7)-68, 3(8)-76, 3(9)-72, 3(11)-48, 4(2)-66, 4(3)-63, 4(5)-33, 4(6)-32, 4(7)-23, 4(8)-43, 5(6)-44
佐山英太郎　1(4)-2, 1(11)-46
三太郎　1(10)-31

【し】

志摩達夫　1(1)-17, 1(2)-9, 1(3)-9, 1(6)-9, 1(8)-7, 1(8)-48, 1(9)-60, 1(10)-60, 1(11)-34, 1(12)-54
志水雅子　2(6)-67, 2(9)-64
鯱城一郎　1(1)-17, 1(1)-43, 1(2)-5, 1(3)-7, 1(4)-8, 1(4)-22, 1(5)-5, 1(6)-7, 1(7)-16, 1(8)-5, 1(10)-17, 1(10)-63, 1(10)-66, 1(11)-2, 1(11)-36,

1(12)-3, 2(1)-90, 2(2)-52, 2(3)-62, 2(4)-29, 2(5)-68, 2(6)-65, 2(7)-36, 2(12)-58, 2(12)-67, 3(1)-55, 3(2)-38, 3(2)-57, 3(3)-58, 3(4)-56, 4(3)-29, 4(8)-53, 4(12)-54
畳々亭主人(畳々居) 1(4)-ｶｯﾄ, 1(7)-ｶｯﾄ, 1(8)-ｶｯﾄ, 1(9)-ｶｯﾄ, 1(10)-ｶｯﾄ, 1(11)-ｶｯﾄ, 3(6)-ｶｯﾄ
白井喬二 5(6)-42
次郎吉 1(10)-20

【す】

須江摘花 1(8)-28
鈴木朱雀(朱雀) 1(2)-表紙, 1(3)-表紙, 1(4)-表紙, 1(5)-表紙, 1(6)-表紙, 3(10)-22, 3(11)-43
隅田久尾 1(11)-34

【せ】

瀬木二郎 1(8)-64, 1(9)-3, 1(9)-59, 1(10)-11, 1(10)-66, 1(11)-35, 2(4)-19, 2(7)-48, 4(3)-22
千家尊建 3(5)-36

【そ】

蘇我隆介 2(3)-72

【た】

大慈宗一郎 4(1)-60, 4(5)-17, 4(7)-16, 5(2)-53, 5(3)-30, 5(6)-32, 5(7)-21
高木哲 1(1)-16, 1(10)-61
高橋鉄 1(1)-16, 1(2)-42, 1(4)-8, 1(5)-26, 1(8)-2, 1(9)-15, 1(9)-44, 1(9)-62, 1(11)-24, 2(2)-76
高見生 1(10)-25
竹田敏彦 1(5)-42
田代光 2(6)-目次ｶｯﾄ, 2(6)-ｶｯﾄ, 2(9)-目次ｶｯﾄ, 2(11)-30, 3(2)-ｶｯﾄ, 3(3)-ｶｯﾄ, 3(4)-18, 3(8)-ｶｯﾄ, 5(4)-ｶｯﾄ, 5(5)-ｶｯﾄ, 5(6)-ｶｯﾄ
只野凡児 1(8)-25
田塚圭二 1(12)-5, 1(12)-54
辰野九紫 1(5)-44
玉川一郎 1(1)-16, 1(5)-30, 1(7)-42, 1(8)-16, 1(9)-60, 1(10)-60

【つ】

塚本篤夫 5(4)-50
土屋光司 1(1)-16, 1(2)-4, 1(3)-5, 1(5)-19, 1(6)-5, 1(6)-40, 1(8)-14, 1(9)-3, 1(9)-44, 1(9)-58, 1(10)-5, 1(10)-62, 1(11)-9, 1(11)-35, 1(12)-2, 1(12)-54, 2(1)-90, 2(1)-108, 2(3)-64, 2(3)-73, 2(4)-62, 2(4)-64, 2(5)-72, 2(6)-24, 2(7)-32, 2(7)-56, 2(8)-40, 2(8)-60, 2(9)-7, 2(9)-45, 2(9)-78, 2(10)-41, 2(10)-54, 2(11)-44, 2(11)-62, 2(12)-48, 2(12)-58, 2(12)-65, 3(1)-51, 3(2)-38, 3(3)-58,

3(3)-76, 3(4)-1, 3(4)-56, 3(5)-42, 3(5)-69, 3(6)-86, 3(8)-13, 3(10)-16, 3(11)-66, 4(1)-65, 4(2)-56, 4(3)-17, 4(5)-19, 4(5)-23, 4(8)-25, 4(8)-41, 4(9)-24, 4(9)-36, 4(10)-23, 4(11)-63, 4(12)-13, 4(12)-26, 5(1)-43, 5(2)-33, 5(3)-47, 5(4)-20, 5(4)-45, 5(4)-77, 5(5)-24, 5(5)-43, 5(6)-5, 5(6)-32, 5(6)-53, 5(6)-56, 5(7)-27, 5(9)-30
土屋英麿　2(11)-61, 2(12)-66, 3(2)-58, 3(11)-64
坪内節太郎　1(1)-目次ｶｯﾄ, 1(11)-ｶｯﾄ

【と】

洞院襄　1(9)-26
統計狂生　2(3)-66
戸川貞雄　1(1)-12, 1(1)-16, 1(2)-1, 1(3)-10, 1(3)-31, 1(4)-14, 1(4)-18, 1(5)-11, 1(6)-16, 1(7)-24, 1(9)-32, 1(10)-44, 1(10)-61, 1(12)-36, 2(3)-1, 5(6)-42
戸川静子　1(1)-16, 1(3)-2, 1(5)-72, 1(6)-11, 1(7)-31, 1(8)-15, 1(8)-86, 1(9)-62, 1(10)-15, 1(10)-64, 1(11)-36, 1(12)-2, 2(1)-2, 2(2)-80, 2(3)-58, 2(5)-64, 2(9)-68
土岐愛作　1(10)-3, 1(10)-62, 1(11)-13, 1(11)-35, 1(12)-45, 1(12)-54, 2(2)-70, 2(8)-19, 2(9)-2, 2(11)-59, 2(12)-58, 3(3)-20
戸伏太兵→綿谷雪

【な】

中沢巠夫　1(1)-16, 1(5)-58, 1(7)-4, 1(7)-28, 1(7)-62, 1(8)-4, 1(8)-43, 1(8)-48, 1(11)-16, 1(11)-32, 1(11)-37, 1(12)-30, 2(5)-54, 2(6)-34, 2(7)-38, 2(8)-52, 2(9)-36, 2(10)-35, 2(11)-34, 3(1)-1, 3(2)-30, 3(3)-66, 3(4)-46, 3(4)-53, 3(5)-2, 3(6)-60, 3(7)-46, 3(8)-26, 3(8)-62, 3(9)-60, 3(10)-7, 3(11)-55, 3(11)-66, 4(1)-65, 4(1)-66, 4(2)-2, 4(2)-24, 4(2)-27, 4(4)-45, 4(5)-23, 4(6)-2, 4(6)-26, 4(8)-20, 4(8)-39, 4(9)-24, 4(12)-10, 4(12)-22, 4(12)-28, 4(12)-34, 5(1)-18, 5(1)-45, 5(2)-59, 5(3)-28, 5(3)-49, 5(3)-62, 5(4)-52, 5(4)-63, 5(5)-20, 5(5)-45, 5(6)-32, 5(6)-68, 5(7)-2, 5(8)-19, 5(9)-21
永見隆二　1(1)-16, 1(4)-60, 1(9)-2, 1(9)-60, 1(10)-63
茄子余一　1(12)-10
鳴戸規久　2(2)-60

【に】

新居格　4(3)-25, 5(6)-28
丹羽文雄　1(2)-32, 1(9)-59, 1(12)-1

【は】

白父　4(9)-37

土師清二 3(11)-64
長谷川伸 1(7)-22
浜本浩 3(11)-64
早川清 1(4)-12, 1(8)-11, 1(9)-60, 1(10)-64, 1(11)-10, 1(11)-35, 2(1)-1, 2(1)-45
原圭二 1(1)-16, 1(4)-4, 1(4)-54, 1(5)-2, 1(6)-4, 1(9)-6, 1(9)-44, 1(9)-61, 1(10)-1, 1(10)-8, 2(5)-66

【ひ】

東野村章 1(5)-2, 1(6)-2, 1(6)-58, 1(7)-5, 1(8)-6, 1(9)-4, 1(9)-58, 1(10)-5, 1(10)-60, 1(10)-66, 1(11)-6, 1(11)-34, 1(12)-5, 1(12)-32, 1(12)-54, 2(2)-41, 2(2)-50, 2(3)-48, 2(4)-44, 2(5)-64, 2(5)-66, 2(6)-44, 2(7)-51, 2(8)-60, 2(9)-45, 2(9)-74, 2(10)-41, 2(11)-44, 2(12)-46, 2(12)-48, 2(12)-58, 3(1)-55, 3(2)-2, 3(2)-27, 3(2)-38, 3(3)-47, 3(3)-58, 3(3)-76, 3(4)-56, 3(5)-42, 3(6)-85, 3(7)-38, 3(9)-74, 3(10)-47, 3(11)-64, 4(1)-31, 4(2)-7, 4(3)-2, 4(3)-13, 4(3)-27, 4(6)-12, 4(7)-14, 4(8)-2, 4(8)-37, 4(9)-11, 4(9)-24, 4(10)-36, 4(11)-2, 4(12)-9, 4(12)-28, 4(12)-40, 5(1)-23, 5(1)-44, 5(2)-6, 5(2)-40, 5(3)-19, 5(3)-44, 5(4)-5, 5(4)-29, 5(4)-63, 5(5)-32, 5(5)-43, 5(6)-32, 5(6)-41, 5(7)-29, 5(8)-2, 5(8)-29, 5(9)-25
平山蘆江 2(4)-51, 3(11)-65
拾ひ読み生 1(12)-15

【ふ】

福田清人 5(3)-26

【ほ】

星川周太郎 2(8)-56, 2(9)-20, 2(9)-72, 2(10)-57, 2(12)-58, 3(2)-19

【ま】

槙下一 1(7)-54
牧野吉晴 4(8)-24, 5(3)-6
正岡容 3(11)-64
升金種史 1(1)-14, 1(1)-16, 1(2)-10, 1(4)-38, 1(5)-32, 1(6)-16, 1(10)-52, 1(10)-63, 1(11)-26, 1(11)-37
松浦泉三郎 1(11)-9, 1(11)-35, 1(12)-4, 1(12)-54, 2(1)-110, 2(3)-60, 2(4)-57, 2(6)-68, 2(9)-8, 2(10)-58, 2(11)-59, 2(12)-58, 3(2)-60, 3(3)-76, 3(4)-51, 3(5)-70, 3(10)-4, 3(11)-16, 3(11)-66, 4(2)-30, 4(3)-16
松崎与志人 1(1)-17, 1(1)-25, 1(2)-7, 1(3)-8, 1(3)-39, 1(4)-6, 1(4)-25, 1(5)-36, 1(6)-5, 1(6)-16, 1(6)-69, 1(7)-7, 1(7)-42, 1(8)-13, 1(8)-48, 1(9)-17, 1(9)-58, 1(10)-6, 1(10)-63, 1(10)-66, 1(11)-11,

1(11)-35
松村駿吉　2(5)-66, 3(2)-58, 4(5)-50, 4(8)-35
松本太郎　1(5)-4, 1(7)-11, 1(9)-62, 1(10)-63, 1(12)-6, 2(4)-59, 2(6)-74, 3(11)-66, 4(2)-5
丸山義二　5(6)-42

【み】

三日月次郎吉→綿谷雪
三木蒐一　1(4)-4, 1(5)-1, 1(10)-62
光石介太郎　1(2)-9, 1(4)-14, 1(7)-18
緑川玄三　2(6)-70, 2(8)-73, 2(9)-66, 2(11)-12, 2(12)-58, 3(2)-55, 3(4)-70, 3(7)-60, 3(10)-58, 3(11)-65, 4(2)-18, 4(5)-26, 4(7)-28, 4(11)-11, 5(6)-6, 5(8)-23
南沢十七　1(1)-27, 1(2)-7, 1(2)-33, 1(4)-3, 1(4)-46, 1(6)-10, 1(6)-70, 1(7)-10, 1(7)-37, 1(7)-59, 1(9)-7, 1(9)-44, 1(9)-61, 2(8)-60, 2(9)-45, 2(10)-41, 2(11)-44, 2(12)-48, 3(7)-17
宮良当壮　5(4)-58, 5(5)-50
三好季雄　1(1)-17, 1(8)-3, 1(8)-76, 1(9)-59, 1(10)-60, 2(5)-2, 2(6)-45
三好信義　1(10)-2, 1(10)-7, 1(10)-62, 1(11)-28, 1(11)-31, 1(11)-35, 2(1)-90, 2(2)-66, 2(2)-77, 2(3)-84

【む】

村正治(村正朱鳥)　3(4)-52, 3(9)-54, 4(1)-64, 4(2)-28, 4(2)-42, 4(3)-12, 4(3)-30, 4(5)-2, 4(5)-21, 4(6)-36, 4(7)-12, 4(7)-19, 4(8)-14, 4(8)-33, 4(9)-2, 4(9)-24, 4(10)-51, 4(11)-17, 4(12)-7, 4(12)-24, 4(12)-53, 5(1)-41, 5(2)-17, 5(2)-53, 5(4)-49, 5(5)-43, 5(7)-22, 5(9)-20
村上啓夫　1(1)-17, 1(3)-22, 1(7)-11, 1(7)-34, 1(9)-14, 1(9)-59
紫頭巾　1(10)-22, 1(12)-17
村雨退二郎 1(1)-16, 1(2)-14, 1(3)-55, 1(4)-9, 1(5)-22, 1(5)-47, 1(6)-44, 1(7)-19, 1(8)-48, 1(9)-58, 1(10)-56, 1(10)-61, 1(11)-36, 1(12)-7, 2(2)-54, 2(3)-70, 2(4)-69, 2(5)-66, 2(6)-52, 2(8)-48, 2(8)-60, 2(9)-1, 2(9)-45, 2(10)-41, 2(11)-1, 2(11)-44, 2(12)-1, 2(12)-48, 2(12)-58, 3(1)-55, 3(1)-66, 3(2)-1, 3(3)-53, 3(3)-76, 3(9)-70, 3(11)-67, 4(3)-28, 4(4)-30, 4(6)-28, 4(7)-2, 4(8)-23, 4(9)-24, 4(9)-34, 4(12)-5, 4(12)-15, 5(2)-5, 5(3)-11, 5(3)-42, 5(4)-6, 5(5)-45, 5(6)-32, 5(6)-42, 5(7)-23, 5(9)-2
村松駿吉　1(12)-52, 2(5)-62, 2(6)-66, 2(8)-75, 2(9)-73, 2(10)-18, 2(10)-55, 2(11)-58, 2(12)-58, 3(3)-76 3(3)-80 3(4)-51, 3(5)-27, 4(2)-43, 4(7)-17, 4(10)-4, 4(11)-15,

4(12)-8, 4(12)-29

【も】

百々木渡也→綿谷雪
森銑三　5(1)-19, 5(6)-42
門外人　2(5)-73
門前の小僧　1(10)-38

【や】

耶止説夫　2(1)-88, 2(2)-38, 2(3)-53, 2(3)-69, 2(4)-47, 2(4)-84, 2(5)-66
柳田泉　5(2)-35, 5(3)-33
山崎公夫　4(3)-44
山田克郎　1(1)-16, 1(2)-6, 1(3)-7, 1(4)-11, 1(4)-72, 1(5)-5, 1(7)-61, 1(8)-17, 1(10)-62, 1(11)-17, 1(11)-50, 2(1)-91, 2(4)-57, 2(4)-83, 2(5)-66, 2(5)-74, 2(6)-48, 2(8)-1, 2(8)-60, 2(9)-45, 2(10)-41, 2(11)-44, 2(12)-2, 2(12)-48, 3(3)-65, 3(8)-52, 3(11)-65, 4(1)-62, 4(5)-36, 4(6)-27, 4(8)-20, 4(12)-10, 5(3)-9, 5(5)-43, 5(5)-68, 5(6)-42, 5(9)-29

【ゆ】

湯浅文春　5(2)-31, 5(5)-77
由布川祝　1(10)-8, 1(11)-15, 1(11)-36, 1(12)-29, 1(12)-54, 2(1)-93, 2(4)-2, 2(4)-60, 2(6)-64, 2(7)-10, 2(8)-54, 2(12)-58, 2(12)-64, 3(3)-76, 3(4)-2, 4(5)-10, 4(6)-31, 4(9)-51, 4(11)-48, 5(2)-33, 5(3)-45, 5(6)-46, 5(8)-21

【よ】

吉田貫三郎　1(1)-その他, 2(7)-目次ｶｯﾄ, 3(6)-目次ｶｯﾄ

【ら】

蘭郁二郎　1(3)-4, 1(3)-35, 1(7)-65, 1(9)-44, 1(9)-59, 1(10)-61, 2(2)-2, 2(5)-60, 2(7)-1, 2(11)-41, 3(7)-63

【わ】

綿谷雪(百々木渡也・三日月次郎吉・戸伏太兵)　1(1)-9, 1(2)-2, 1(3)-5, 1(6)-11, 1(7)-13, 1(9)-2, 1(9)-61, 1(10)-60, 2(1)-76, 2(2)-26, 2(3)-2, 2(4)-1, 2(5)-66, 2(6)-2, 2(8)-44, 2(8)-60, 2(9)-45, 2(10)-2, 2(10)-41, 2(11)-44, 2(12)-33, 2(12)-48, 2(12)-54, 2(12)-58, 3(1)-55, 3(2)-38, 3(3)-58, 3(4)-56, 3(5)-42, 3(6)-2, 3(7)-2, 3(8)-2, 3(9)-2, 3(10)-71, 3(11)-34, 3(11)-51, 4(1)-24, 4(2)-34, 4(3)-11, 4(3)-18, 4(3)-54, 4(4)-4, 4(4)-44, 4(5)-18, 4(5)-30, 4(6)-9, 4(6)-30, 4(8)-47,

Ⅳ　執筆者索引

4(9)-24, 4(11)-19, 5(1)-54, 5(2)-32,
5(2)-52, 5(3)-48, 5(4)-70,(4)-74,
5(5)-5, 5(5)-12, 5(5)-45, 5(6)-32